赤川次郎

花嫁は迷路をめぐる

実業之日本社

目次

花嫁は迷路をめぐる

プロローグ

それにしても……。

半ば呆れながら、片桐とも子は東京駅のホームから階段を下りて行った。

エスカレーターもあったが、何だか怖い気がして、重いスーツケースを、よっこらしょと持ち上げて階段を下りた。

エスカレーターというものは、デパートの中にしかないものだ、と、片桐とも子は思い込んでいた。駅のホームにエスカレーター？

そんなの何かの間違いで、あれに乗ったら全然別の所へ連れて行かれるかもしれない……。

何とまあ、人の多いこと！

〈改札口〉はどこかとキョロキョロしていると、後ろの人に追突されそうになり、

「立ち止るなよ」

と、文句を言われた。

東京じゃ、立ち止るにも許可がいるのかしら。

ともかく、どこの出口だろうと、外へ出れば何とかなる。――とも子は通路を歩

き出した。

季節は春先で、まだ風は少し冷たいが、この駅の中は汗ばむ暑さ。

人の波をかき分けかき分け、何とか外へ出ると、とも子はホッとした。

ともかく駅の前は広くて、そう人とぶつからずに歩けそうだった。

「あ、そうだ……」

交番、交番。

住所を見せて、どう行けばいいか訊かなくちゃ。——今はスマホとかいうもので、ちゃんと地図で案内してくれるらしいが、とも子はケータイも持っていない。

幸い、交番は目につく所にあって、若いお巡りさんが暇そうに欠伸などしていた。

「あの、すみません」

と、とも子はポケットからメモを取り出し、「この住所へ行きたいんですけど、どう行けばいいでしょうか？」

お巡りさんは、若い女の子が道を訊いてくることなんかほとんどないので——今の子はみんなスマホで道を調べて歩く——ちょっと張り切って、

「はいはい。どこ？　——ああ、この住所だったら……」

と言いながら、自分もスマホを取り出し、

「ええと……。うん、ここからだったら、ＪＲで××駅まで行って、地下鉄の○○

線に乗り換えて△△駅で降りるのが近いよ。分った？」

ともナは駅の名前も地下鉄の名前も初耳で、正に×や○としか聞こえなかった……。

「すみませんけど、紙に書いてもらえますか？」

と頼んで、「——ありがとうございます！」

「いや、どうってことないよ」

と、お巡りさんはニコニコ笑って、「気を付けてね」

「はい！」

と行きかけて、とも子は、「あの……ジェーアールってどこにあるんですか？」

スマホでは到着まで二十五分となっていた目的の駅まで、とも子が五十分で着いたのは立派なものだったと言うべきだろう。

しかし、駅から目指す住所までは、どうしたものか……。

地下鉄の駅の通路に、付近の案内図が貼ってあり、とも子はメモの住所を何とか見付け出そうとした。

しかし、今いる地下通路がどこなのかもよく分らない。

親の敵でもにらむように、案内図を眉間にしわ寄せて見つめていると、

「どこに行くんですか?」

と、女性の声がして、とも子が振り向くと……。

「——え?」

そこには、チョコンと毛並の美しい、ダックスフントがいたのである。

まさか! 東京じゃ、犬が人間の言葉をしゃべるの?

とも子が目を丸くしていると、

「大丈夫ですか?」

と訊いたのは、とも子と同じくらいの女の子だった。

ああ、びっくりした!

「どうも……。あの……ここなんですけど」

と、メモを取り出す

「〈スタジオ・セブン〉。——知らないけど、住所だとこの近くですね」

「ワン」

「ドン・ファンもそう言ってます」

「ドン・ファンっていうんですか? 洒落たお名前!」

「ええと……。私も同じ方向ですから、一緒に行きましょう」

——こうして、塚川亜由美は片桐とも子と知り合いになった。そして愛犬ドン・

ファンも。

「――あ、これですね」

　と、亜由美は足を止めた。

　住宅地の中に、白い建物があって、〈スタジオ・セブン〉の文字が。

「ありがとうございます！」

　と、とも子は言った。「私一人だったら、丸一日かかっても、絶対見付けられませんでした！」

「分って良かったわ」

　と、亜由美は微笑(ほほえ)んで、「じゃ、ここで」

「何とお礼を申し上げたらいいのか……」

「いいんです。ドン・ファン、行くよ」

　と、亜由美が促した。

「クゥーン……」

　ドン・ファンは何だかそのスタジオに関心があるようだった。

　車が一台、そのスタジオの前で停(とま)って、派手なメイクと衣裳(いしょう)の女の子が降りて来た。

「遅れてるんだ。急いで！」

車を運転していた男性がその女の子をせかせて、スタジオの中へ入って行く。

ポカンとしてそれを見送っていたとも子は、

「ここ……何する所なんですかね?」

と言った。

「たぶん……写真撮ったりする、貸しスタジオでしょう」

と、亜由美が言った。

「私なんかが入っていいのかしら……」

「お姉さんが、ここに?」

「姉から来た手紙の封筒が、ここのスタジオので……。姉の住んでる所は分らないんです」

「でも、ともかく中で訊いてみれば……。私、訊いてあげましょうか」

「すみません! お願いします」

亜由美とドン・ファンが先に立って、そのスタジオへ入って行く。

何だか、缶コーヒーなんか飲んでいる男女が、ウロウロしている。ジーンズにTシャツで、たぶん撮影のためのスタッフなのだろう。

「すみません」

と、亜由美は声をかけた。「こちらに……。名前、何でしたっけ?」

「あ、片桐です。片桐早苗」

「そういう人、います？」

と訊くと、

「片桐？」

ボサボサの髪の男性が首をかしげて、「おい、知ってる？」

と、女の子に声をかけた。

「片桐早苗？　――早苗ちゃんのことじゃないの？」

「ああ。片桐っていうのか、あの人？」

「知らないけど。早苗っていったら……」

「そうだな。――今、撮影しててね」

「はあ……」

「終ったみたいよ」

と、女の子が言った。「衣裳脱ぐのに時間かかるから、呼んで来てあげようか？」

「お願いします！」

「ちょっと待って」

廊下の突き当りのドアが開いていて、その奥がスタジオになっているらしい。

少しして、

「私に？――誰だろ」

と出て来たのは、金髪の頭に、やたらカラフルなメイク、ネグリジェみたいな薄いドレスをまとった女性で……。

「私に何か――」

と言って、とも子を見ていたが、「――え？」

と、大きく目を見開いた。

びっくりしているのは、とも子も同じだったようで、

「お姉ちゃん……」

と、呟くように言った。

しかし、相手はそれどころじゃなかった。

「とも子！」

と叫ぶと、「ごめんなさい！」

と、その場にペタッと座り込んで、

「私が悪かった！　ごめんなさい！　黙って成仏してちょうだい！」

と、頭を床にこすりつけんばかりにしたのである。

1　お化けの話

「じゃ……とも子、あんた、本当に生きてたの？」

「見れば分るでしょ！」

と、とも子は言った。

「足、あるわね……」

と、片桐早苗は胸に手を当てて、「あんたが生きてたなんて……」

「それってどういう意味？　どうして私がお化けになってなきゃいけないの？」

と、とも子はいささか腹を立てていて、「でも、ともかく、その格好、何とかして！　お姉ちゃんと話してる気がしない」

「分った。じゃ、メイク落としてくるから、二十分くらい待ってて」

と、早苗が立ってスタジオの奥へと入って行った。

「ああ……。心臓が止るかと思った」

と、とも子は息をついて、「あ！　すみません、塚川さん。こっちが勝手に騒いでしまって」

「いいえ」

と、亜由美は首を振って、「何だか面白そう。もう少しお話を聞いてていいですか？」

「もちろん。でも――何かご用がおありじゃ……」

「友だちと待ち合せてるんです」

「それじゃ――」

「大丈夫。友だちをこっちへ呼んだから」

「はあ……」

「それに、ドン・ファンが、もう少しここにいたいみたいで」

ドン・ファンはスタジオに出入りしているモデルの子たちを、目を輝かせて（？）眺めている。

とも子がふき出して、

「東京の人って、面白いんだ！」

「みんながそうってわけじゃないけど。――亜由美と呼んで。とも子さんね」

「はい。よろしく」

二人は握手した。

すると、大きなカメラを首からさげた、ちょっと小太りな中年男がスタジオから出て来ると、

「おい、早苗はどこだ？」

と、周囲を見回した。

「すみません。今、メイクを落としに」

と、亜由美が言った。「こちらの妹さんが会いに来たので」

「ふーん、そうか。次の撮影のスケジュールを決めたい。早苗が戻って来たら、そう言ってくれ」

「はい。あの――どなた？」

「ああ、カメラマンの本条（ほんじょう）だ」

「あ……。本条和人（かずと）さんですか」

と、亜由美が目をみはって、「よくファッション誌で……」

「うん。――君、女子大生？　可愛（かわい）いね」

「いえ、ちっとも」

と、あわてて言った。

「そっちは早苗の妹って……。何て名前？」

「とも子です。片桐とも子」

「なるほど。顔の作りは似てるね」

「そうですか？」

「一度メイクして、写真撮ってみないか？」

「私がですか？」

「うん。いや、写真向きの顔だよ」

「やめときます！　私、お化粧なんてしたことないし。田舎者なんで」

「ま、考えといて」

と言うと、本条はさっさとスタジオの中へ戻って行った。

「ああ、びっくりした！」

と、とも子が息をついて、「大体お姉ちゃんがこんな仕事してるなんて、全然知らなかった！」

「お姉さんは大分年上？」

「ええ、七つ上です。私、二十一だから、今二十八だと思います」

と、とも子は言った。「でも、もう五年以上会ってなかったんで……」

「五年？　それじゃあなたは――」

「高校生でした。高一のとき、それきり、お姉ちゃん、全然帰って来なかったんです」

「きっと忙しかったのね」

「勘当されてて」

「勘当？　今どき珍しいわ」

「そうですね。でも、どうせお姉ちゃん、東京に出て行きたかったんで、喜んだんじゃないかな」

「で、それっきり……」

「勘当となったら、もう一切連絡も取らないし、どこでいつ死のうが勝手、ってことなので」

「へえ……」

ケータイ、スマホの時代、どこにいても連絡が取れるというのに……。

「とも子さんはどうして東京に？」

と、亜由美は訊いた。

「母が亡くなったんで。父はもう三年前に亡くなったんだけど、母と私が畑仕事を何とか続けてたの。でも、母も去年の暮れに倒れて、そのまま寝たきりに」

「大変だったのね」

「年が明けてじき亡くなって、お葬式もすませたんです」

と、とも子はちょっとハンカチで涙を拭った。

「そのとき、お姉さんに知らせなかったの？」

「勘当されてると、親子の縁も切れるので」

「へえ……」

「でも——一度だけ、お姉ちゃんが私あてに手紙を寄こしたんです。だけど、開く前にお父ちゃんに見付かって、焼き捨てられてしまい……」

「徹底してるわね」

「そのとき、封筒が風で飛ばされて燃えなかったんです。お父ちゃん、気付かなかったので、私、その封筒を拾って、隠したんです」

「それがここの……」

「ええ、〈スタジオ・セブン〉っていう名が印刷してあったんで。——手紙に何か書いてあったのかもしれませんけど、灰になっちゃって……」

そこへ、さっき早苗を呼びに行ってくれた女性が、

「缶コーヒー、飲む？」

と、やって来た。

「あ……。さっきは……」

「これ、缶コーヒー。開いてるけど、口つけてないから」

「は、どうも……」

「モデルさんに、撮影の合間に持ってくんだけど、いらないって人がいるんで」

「じゃ、いただきます」

とも子は素直に受け取って、一口飲むと、

「――苦い！」

「甘み抑えてるのよ。太らないように、そういうのを選ぶの」

と、女性は笑って、「私、このスタジオのスタッフ、丸山エイナっていうの」

「片桐とも子です」

「早苗さんの妹さん？」

「ええ」

「あんまり似てないけど可愛いわね」

「はあ……」

カメラマンとは言うことが違う。見方が違っているのだろう。

確かに、格好も髪も、全く構わない様子なので、垢抜けしないが、可愛い顔立ちだ、と亜由美は思った。

何といっても、ドン・ファンが他の子にも目をやりながら、チラチラとも子を眺めている。

「――ここ？」

と、外からやって来たのは、同じ大学の神田聡子である。「ドン・ファンの撮影に来たの？」

「そうじゃないわよ。お化けのよ」

「何、それ？」

――事情を聞いて、聡子も、

「そりゃ、続きを見届けなきゃね！」

と肯いた。

「東京の人の用事って、いくらでも変えられるんですか？」

と、とも子がふしぎそうに言った。

「待たせたわね！」

と、バッグを肩にかけた早苗が出て来た。

「へえ！」

と、丸山エイナが目を丸くして、「早苗さん、化粧しないとこういう顔なんだ！」

「こら、写真撮るなよ」

と、早苗はにらんだ。

「ああ！　お姉ちゃんの顔だ！」

と、とも子が声を上げた。

「おい、早苗」

カメラマンの本条が出て来ると、「スケジュールを……」

と言いかけて、

「今、早苗の声がしなかったか？」

と、キョロキョロと周りを見回した……。

「じゃ、私が死んだって知らせが？」

とも子が目を丸くしている。

「そうなのよ。あんた、憶えてる？　あそこの村役場にいた林(はやし)って……」

「林竜太(りゅうた)？」

「そうそう。――あいつ、私が東京に出て来たとき、追いかけて来たのよ」

「へえ！　知らなかった」

「どうやったか知らないけど、私が見付けたアパートまでやって来てね。ずっと私に惚(ほ)れてたって言って……。でも、こっちは全然そんな気ないから、って追い帰したの」

「それで……」

「二、三か月前かしら。林から手紙が来て。――家が火事になって、みんな焼け死んだって言って来た」

「どうしてそんな……。お姉ちゃん、それでも帰って来なかったね」

「だって、死んじゃったんじゃ、今さら帰っても仕方ないと思って。弔いは済ませた、って書いてあったし」

「それにしたって……」

と、とも子は不満げだったが、言っても仕方ないと思ったのか、口をつぐんだ。

「お待たせしました」

大皿にスパゲティが山盛りになっていた。

スタジオを出て、結局亜由美たちも一緒にイタリアンの店でランチを食べることになったのだった。

「あんた、若いんだから、うんと食べな」

と、早苗は言った。

「はい……」

ふくれっつらではあったが、とも子は自分の取り皿へドサッとスパゲティを取り分けた。

「この後、ピザも来るからね」

と、早苗は言った。「塚川さんたちも召し上って下さいね」

「はあ……」

と、亜由美は遠慮なくいただきながら、「でも、どうしてそんなでたらめを……」

「林の奴！　ぶっとばしてやる！」

と、早苗は言って、「でも、ここにいないんじゃ、殴れないわ」

「ひどいね」

と、とも子は食べながら、「おいしい！　スパゲティって、こんな味だったの」

「好きなだけ食べな」

と、早苗は微笑んで、「じゃ、父さんも母さんも死んだのね」

「うん」

「勘当されたとはいえ、もう一度会いたかったな……。ね、とも子。あんた一人で出て来て、どうするつもりだったの？」

「そりゃあ、お姉ちゃんしか身内、いないし……」

「でも、運よく見付けられたからいいけど、もし会えなかったら？」

「分んない。東京中捜しゃ見付かると思ってた」

「あの村とは違うのよ」

と、早苗は苦笑して、「ま、良かったわ。塚川さんたちのおかげで」

「そんなことといいですけど」

と、亜由美が言った。「でも、早苗さん、妹さんを見たとき、『悪かった！』って言ってましたけど、何が？」

「それは……」

と、早苗は口ごもった。「やっぱり……この子を放っといて一人で出て来ちゃったんで……。申し訳なかったと思って」

とっさに思い付いた言いわけだ、と直感した。亜由美は何しろ「事件」に係る達人(?)である。そういう細かいニュアンスには敏感なのだ。

しかし、よその姉妹のことに口を出すほどお節介でもない。

「ピザでございます」

びっくりするほど大きなピザがテーブルを占領して、とも子は目を丸くすると、

「すげえ!」

と叫んだのだった……。

2　災難

「ねえねえ！　ゴールデンウィーク、どこかに行く?」

「え?　いやよ、どこ行ったって、人で一杯だし。それに何でも高くなるでしょ」

「でも、どこも行かないってのも……」

と、聡子は不服そう。

「大体、もう二週間ないんだよ。今からホテルや飛行機、取れるわけないじゃない」

「クゥーン……」

塚川家、亜由美の部屋の場、である。

会話だけ聞いていると、二人してガイドブックでも開いているかのようだが、実際は二人してカーペットの上に一人は仰向け、一人は腹這いになっており、さらにドン・ファンは亜由美のベッドの上で横になっていた。つまりはみんな揃って、グウタラしていたのである……。

桜の季節も終り、日射しはもう初夏を思わせる日もあった。

「ああ、退屈だ」

と、聡子はため息をついて、「ねえ、殿永さんに、何か面白い殺人でもないか、訊いてみたら?」

「よしてよ、そんな冗談。本当になったら困るでしょ」

殿永は大きな体の部長刑事。これまでしばしば亜由美と一緒に事件に巻き込まれている。

もちろん、亜由美には、今通っている大学の准教授、谷山という恋人がいる。もっとも忙しくてめったに会えない。

ドアが開いて、

「まあ、マグロが三匹ってところね」

と、母の塚川清美が入って来た。「いただきもののクッキーよ」

「へえ、どこから?」

と、亜由美が訊く。

「知らない人」

清美の答えに、聡子が笑って、

「塚川一家を毒殺するのは簡単だね」

「何よ、あんただって食べるでしょ」

紅茶をいれてくれたので、二人は起き上って、カーペットにあぐらをかいて、クッキーをつまみ始めた。

「ワン!」

俺にもよこせ、とドン・ファンがベッドから下りて来る。

「はいはい。食べられるの、あんた?」

清美がまた顔を出して、

「思い出した。〈早苗〉って人からよ」

「早苗さん……」

「バーのホステスさんかしらね」

「クッキー、送って来ないでしょ」

と、亜由美が言った。「——ああ! あのときのモデルさんだ!」

「そういえば早苗だったね」

聡子が今までパラパラめくっていたファッション誌を手に取って、「ここにも確か出てたよ。——ほら、これ。夏向きカットソーってやつ」

「まあ、本当だ」

と、亜由美は覗き込んでいたが——。「ね、聡子、並んで写ってるもう一人のモデル、どこかで見たことない?」

「え? ——この子?」

と、首をかしげ、「そういえば、どこかで……」

「名前、出てる?」

「うん、〈モデル・早苗、トモ〉だって」

「トモ?」

二人は顔を見合せて、同時に、

「アーッ!」

と、声を上げた。

「あのとも子さんだ!」

「うん、間違いない! でも変れば変るもんだね!」

それはとも子であって、とも子でなかった。

とんでもないメイクではないが、スッキリと垢抜けした愛らしさで、姉の早苗よりもむしろ目立っていた。

「あのときのカメラマンだ」

と、聡子が言った。「〈本条和人〉って出てる」

「じゃ、本当にとも子さんのこと、撮ったんだね」

「〈トモ〉ってカタカナにしたんだ。——若々しくていいね」

「ワン」

ドン・ファンが早速覗きに来る。

「あんたは、可愛い女の子に目がないね」

と、亜由美は笑って、「あ、ケータイ」

ケータイが鳴っていた。

「誰だろ？　もしもし？」

「あ、塚川さんですか。片桐とも子です」

「ああ！　今、ファッション誌、見てたのよ！」

「恥ずかしいです」

「そんなことないわよ。見違えちゃった」

「恐れ入ります。――お世話になったのに、お礼にも伺わなくて」

「そんなこと――」

「実は、ご相談したいことがあって」

とも子の口調に、亜由美は何だか不吉な予感を覚えた。

「私で役に立つなら……」

「あのとき、姉が話したこと、憶えてますか？　村役場の林って人のこと」

「ええ。嘘の手紙を早苗さんによこした人ね？」

「そうです。実はあの林って人が……」

発車のベルが駅のホームに鳴り渡った。

わざとぎりぎりまで待っていた林は、ボストンバッグを手にホームへと駆け込んで、列車に飛び乗った。

よし。——誰にも見られてないだろう。

何しろ小さな田舎の駅である。誰がいつ列車に乗ったか、人の目があって、こっそり出て行けない。

ガラガラの車両へ入ると、バッグを傍に置いて座った。

もう列車は動き出している。

暗くなっていた。東京行きへ連絡している列車はこれが最後だ。

ホッとして息をつくと、向い合った席に、不意に誰かが座った。

「——あかり」

林は唖然（あぜん）とした。「何してるんだ？」

「そっちこそ。役場に早退届出して、どこへ行くつもり？」

「だが——」

「東京まで行ったら、当分は帰らないつもりでしょ？　いずれ——」

「クビは覚悟の上だ」

と、林は言った。「それより、君はどうしたんだ？」

「今日、役場でずっとあなたのことを見てたの。朝から様子がおかしかった。何かやるつもりだわ、と思った」

――村松（むらまつ）あかりは、村役場での林の同僚である。年齢は林が二十九、あかりが二十八で一つ違い。

「それにしたって……」

しかし、役場では中卒のあかりの方が、林より先輩だった。

林がびっくりしているのは当然だった。何しろ、村松あかりは役場で働いているときの事務服にサンダルばきという格好だったのである。

「あなたの後をずっと追いかけて来たのよ」

と、あかりは言った。「あの人に会いに行くのね。片桐早苗さんに」

「放っといてくれ。僕の勝手だろう」

と、林はむくれて顔をそむけた。

「ずっと相手にされなかったのに。いつまで追い回すつもり？」

「君こそ……。どうして列車にまで？」

と、林が言うと、少し間を置いて、

「――あなたが好きだからよ」

と、あかりは言った。

林は愕然(がくぜん)とした。

「何だって?」

「何年も一緒に働いてるのに、少しも気付いてくれなかったわね」

あかりの目が潤んでいた。「私、ずっと林さんが好きだった」

「そんな……。そうだったのか」

「そりゃあ、私だって鏡ぐらい見るわ。早苗さんのように、モデルになれるような顔でもスタイルでもないことは分ってる。でも、どんなに魅力的でも、あなたに何の関心も持ってない人を愛してどうするの?」

「泣いたりするつもりじゃなかったんだけど……」

涙が顔に一粒こぼれた。――あかりはハンカチを出して急いで拭うと、

「あかり……。君がそんなことを……」

「私、知ってるわ。あなたが、片桐さんの家が火事で焼けたって、でたらめの手紙を出したことも」

「そうか……」

「それでも、早苗さんは帰って来なかった。それで、思いつめたのね」

「僕なりに考えてのことだ」

「お母様は？　知ってるの？」

林は詰ったが、

「――言えやしないよ。東京へ着いてから連絡するつもりだ」

「そこまで……」

あかりはため息をついた。

「――失礼」

車掌が立っていた。「こちらの女の方は、切符なしで飛び乗られたようですが」

「すみません」

と、林が言った。「急な用があって……」

「切符、買います」

あかりは、事務服のポケットから財布を取り出した。

「どちらまで？」

「東京です」

と、あかりは言った。

林が絶句している間に、あかりは料金を払って、切符を受け取った。

「どうも」

車掌が行ってしまうと、

「あかり……。本気か？」

「ええ。私も勝手に東京へ行くの。あなたに止める権利はないでしょ」

「それはそうだが……」

「迷惑はかけないわよ」

と、開き直ったように、あかりは、「次の駅でお弁当を買わない？　お腹が空いたわ」

と言った……。


「変ね……」

と、店の中の時計に目をやって、「とっくに帰ってくるころなのに」

首をかしげて、林啓子はちょっと迷ったが、「でも……いいわよね、母親が息子に電話しても」

息子のケータイへかけてみたが、つながらない。仕方なく、林啓子は役場の直通電話へかけた。

「——あ、もしもし、林です。林竜太の母ですが、いつも息子がお世話に……」

「ああ、どうも」

竜太の上司に当る、ベテランの女性の声だった。「竜太君、大丈夫ですか？」

「え？」

「具合が悪いって早退したので。――もしもし？」

ポカンとしていた啓子は、

「――はい！　大したことはありませんので。ご心配かけると申し訳ないので」

「そうですか。今はそう忙しい時期じゃないので、休んでも大丈夫ですよ。そう言っておいて下さいな」

「ありがとうございます……」

啓子は通話を切ると、あわてて自分の経営するスナックを飛び出した。

竜太と二人で暮しているアパートまでは、ほんの百メートルほどだ。

「――竜太！」

アパートへ入ると、啓子は明りをつけた。

息子がいないことはすぐに分った。

そして、押入れの中のボストンバッグが失くなっていることも。洋服ダンスを開けて、

「――あの子、出て行ったんだわ」

と呟いた。

とりあえず、書き置きらしいものがないか捜したが、見当らない。

しかし、啓子にも分っていた。

「あの女だわ……」

片桐早苗。——竜太を誘惑した女だ。

可哀(かわい)そうな竜太。純な竜太など、あんな女にかかったら、簡単に魅了されてしまうだろう。

あの女を追って東京へ行ったのだ。

きっと、片桐早苗から「東京へおいで」と言って来たのだろう。そうでもなければ、母親を捨ててまで行ってしまうはずがない。

「何てこと……」

東京で、竜太が何をさせられるか、啓子にも見当がつかない。しかし、片桐早苗は竜太のことなど真剣に愛していない。飽きればポイと捨てられるだろう。

そうなっても、竜太はこの村へは帰って来ない。恥をさらすようなものだから。

啓子は唇をかんだ。あんな女のために、竜太が一生をだめにしたら……。

「——そうだわ」

何としても、竜太を連れ戻すのだ！

東京へ、私も東京へ行こう。

啓子は、自分も仕度をしなくては、と思った。スナックは自分ひとりでやっているのだから、閉めてくればいい。

ただ――現金を、そんなに家に置いていない。もちろん、大した貯金もないが、明日、下ろしてから出かけようか。

啓子は、竜太が出て行ったことを確認すると、却って少し落ちついた。

今日はもう東京へ行くのは無理だ。どうせ明日の朝の列車で行っても同じことになる。

銀行でお金を下ろして、そして……。

東京に行く。でも、どこを捜せばいいだろう？　啓子は東京へも何度か行っている。人一人、見付けるのは大変だ。

だが、そのとき、啓子の目は、棚の上に放り出されたファッション雑誌を見付けていた。

もしかすると……。

そのファッション誌のページをめくって行くと、〈早苗〉の文字が目に入った。

「これが？」

写真のモデルをじっと見ても、それがあの片桐早苗だとはとても思えなかったが、しかしきっとこれがあの女なのだろう。

啓子は、そのページの隅に小さく、モデル事務所の名前が入っているのを見付けた。

そうだ。——この事務所へ行けば、あの女を見付けられる。

啓子は、息子を連れ戻す自信ができて、落ちついて仕度にかかった……。

「じゃ、その林って人のお母さんが？」

と、亜由美は言った。

「そうなんです」

と、片桐とも子は言った。「そのファッション誌に、〈モデル・レインボー〉所属って出てるでしょう？　今、姉はそこの事務所にいて」

「あなたもじゃないの？」

「私……一応見習いみたいな感じで」

と、とも子は照れている。

「堂々たるもんよ。あの本条さんってカメラマンが、あなたのこと、とても気に入ってるのね。そういう気分が写真から伝わってくるわ」

「もうやめて下さい。恥ずかしくって」

と、とも子は言った。「でも——林さんが上京してきているってこと、姉も私も知らなかったんです。林さんのお母さんが、〈モデル・レインボー〉に電話して来て、姉の住んでる所を教えろって」

「まあ」

「そのお母さんも、今日東京へ出てくるらしいんです。――姉が林さんを誘惑して、東京へ来させたと信じ込んでいて、何も知らないと言っても、聞いてくれなくて」

「とんだ災難ね。何かお手伝いできることが？」

「いえ、そんな……。ただ、この間お話したときに、刑事さんに親しい方がいらっしゃるって……」

「ええ、頼りになる人よ」

「ですから、もし――もしも、ですけど、林さんやお母さんが、姉や私に何かするようなことがあったら……」

「そんな心配が？　そうね。恋してると、人間、何をしでかすか分らないものね。もし、何かそっちへ連絡が行ったら、知らせてちょうだい。今はストーカー被害とかもふえているから、殿永さんなら何か手を考えてくれると思うわ」

「ありがとうございます！　もしものときはよろしく」

――亜由美は、早苗とともも子、二人の連絡先や、〈モデル・レインボー〉の事務所などを聞いてメモした。

「――何だか面倒なことになりそうね」

と、話を聞いて、神田聡子が言った。

「いいじゃない。聡子、退屈だから何か起らないか、って言ってたんだし」

「そりゃそうだけど……」

聡子もそう言われると、言い返せない。

しかし、当然のことながら、事件は、林の家出くらいでは終らなかったのである……。

3　容疑

「何でも高いんだなあ」

と、林竜太は言った。

「東京よ」

村松あかりはそのひと言で片付けた。

——二人はとりあえずビジネスホテルの一室で泊って、一夜明けたところで、朝食をとっていた。

「これからどうするの?」

と、あかりが言った。

「うん……。あんまり考えてない」

「呆れた」

と、あかりは苦笑して、「たとえ、早苗さんの住んでる所が分っても、会いに行ったら、感激して抱きしめてくれる?」

「まさか」

「そうでしょ? まず会ってもらえないか、追い返される。そのとき、どうするのか。心を決めておかないと」

「そうだな」

と、林は言った。「俺より、君の方がよほどよく考えてるよ」

「そんなことで感心してないでよ」

「君、大丈夫なのか、出て来ちゃって」

「うちじゃ、私は邪魔者だったの。出てったって、厄介払いできたと思ってるわよ」

「そうか……」

林は、トーストの朝食を食べながら、「朝はやっぱりミソ汁がないと寂しいな」と言った。

「お母さんの方は？」

「うん……。それがちょっと心配なんだ」

「というと？」

「メールを送った。〈東京にいる。心配しないで〉って。それだけで充分だろ」

「で、返事は？」

「それがないんだよ。お袋から、メールも電話も、何も来ない。こんなこと、あり得ないと思うんだ」

「そう……。でも、大丈夫よ。子供じゃないんだもの」

「まあね」

林がコーヒーを飲んでいる間に、あかりはケータイでニュースを見ていたが——。

「え？」

と、目をみはった。「そんなこと……」

「どうかしたのか？」

「これ……。ニュース、見たの、今。あの村がニュースになってる」

「へえ。何かあったのか？」

「役場で……お金が持ち逃げされたって」

「お金？　役場には大した現金、置いてないだろう」

「それが——事業計画に合せて、業者に支払う二千万円を金庫に入れてたの」

あかりは経理の担当だった。

「その金が失くなったのか？　そいつは大騒ぎだろうな」

「呑気（のんき）なこと言ってる場合じゃないわよ」

「何が？」

「そのお金、あなたと私で盗んだことになってる！」

林はそれを聞いて唖然としたが、

「――冗談だろ？」

「これ見てよ！」

あかりの手渡したケータイを見て、林は目を丸くした。

〈同日、姿を消した、職員の林竜太、そして村松あかりの二人が犯人とみて……〉

「俺たちが盗ったって？」

林は愕然として、「冗談じゃない！」

「大声を出さないで」

と、あかりが言った。「周りの人が……」

「ああ。しかし――どうしよう？」

しばし、二人とも黙っていたが、

「――きっと、誰かが私たちの姿を消したのを知って、罪をなすりつけられると思ったのよ」

と、あかりは言った。

「何てことだ……」

林はため息をついた。

「林さん……。早苗さんどころじゃなくなっちゃったわね」

「え？　ああ……。しかし、俺の目的はあくまで早苗だ。きっと見付けてみせる」

「あらあら。――警察に追われながらデートするつもり？」

「そうじゃないが……。きっと本当の犯人が捕まるよ」

「私はそんなに楽観的になれないわ」

「だからって、どうするんだ？」

「ともかく」

あかりは真直ぐに林を見て、「私たち、同じ船に乗っているのよ。沈みかけた泥船でもね。何とか身を隠すしかないわ」

「待ってくれ。まず早苗の所に。――所属してる事務所は分ってるんだ。そこへ行って訊けば――」

「大丈夫なの？」

と、あかりは遮って、「考えてみてよ。村から、私たちの手配が行ってる。早苗さんに会おうとしたら、手錠が待ってるわ」

「まさか……」

「早苗さんだって、あなたを厄介払いできるんだもの、ためらわずに通報するでしょ」

そう言われると反論もできず、林はやけ気味にコーヒーを飲み干した。

「これは市長！」

突然、すぐそばで声がして、矢田部邦弘はびっくりした。

振り向くと、目一杯、作り笑顔が引きつりそうな男が三人立っている。スーツにネクタイだが、どことなく洗練とはほど遠い印象だ。

「この度はありがとうございました！　おかげさまで工事に取りかかることができました。すべては大友市長様のおかげだと、みんな喜んでおります」

と、早口でまくし立てると、「いつ東京へおいでで？　前もってお知らせいただければ銀座のいいクラブを予約いたしましたのに！　もう今日お帰りですか？　まだこちらにおられるようでしたら――」

と、急に小声になって、

「例のあの子を手配いたしますか。いえ、大友市長が大変お喜びだったと後で秘書の方から伺いまして、私どももお世話したかいがあったと話していたのでございます」

何の話だ？　矢田部はやっと我に返って、自分が誰かと間違えられているのだと察した。

「いかがでしょう？　もしお時間が許すようでしたら、ルナを用意いたしますが？」

真剣な表情で訊かれると、矢田部は面白くなって来た。どうやらその「大友市長」とやらに女の子を当てがおうという話らしい。

「うん、まあ……」

と、矢田部は少し偉そうに胸をそらして、「帰るのは明日でも差し支えないんだ」

と言ってみた。

「さようでございますか！　では早速、ルナに連絡を取って、夜、市長様のお部屋に伺わせます」

「うん、分った」

「お部屋は何号室でございますか？」

矢田部はちょっと困った。――ここに泊っているわけではない。

「いや、これからチェックインするのでね」

「では、夜、零時にこのロビーでルナを待たせておきます。なに、あの子も喜んでやってきますよ。もちろん、ルナの分の払いは、私どもで持ちますので。――では、お約束もおありでしょうし、私どもはこれで」

「ああ、ご苦労さん」

と言って……。

矢田部は、いそいそとラウンジを出て行く三人の男を、呆れて見送っていたが、

「そんなに似てるのか？」

と呟いた。

大友といったな。どこかの「市長」さんらしいが、東京へ出て来ると、遊んで帰るのだろう。

「やれやれ……」

矢田部がすっかり冷めたコーヒーを少しずつ飲んでいると、

「お代りをお持ちしましょうか」

と、ウエイトレスが声をかけて来た。

そうか。ここはホテルだ。コーヒーはお代りできる。

「じゃ、頼むよ」

その代り、一杯が千円もする！

「おい……。ちゃんと来てくれよ」

と呟いていると、せかせかとラウンジへ入ってくる男が目に入って、ホッと息をついた。

「ここだ！」

と、手を上げる。

「――すまん！　打ち合せが長引いてな」

と、少し禿げ上った額を汗で光らせながら、加藤和年は言った。

加藤が色々ファイルを開けたりしているのを見て、矢田部は、

「だめだったんだな」

と言った。「だめなら、はっきり言ってくれ」

「いや……。なあ、矢田部。お前とは長い付合だ。俺が精一杯お前に役を付けよう
と頑張ってることは分ってくれるだろ？」

「もちろんだ」

矢田部は、新しくカップごと持って来てくれたコーヒーに口をつけた。

「で、今回も色々やってみたよ。それで——一応、役が付いた」

矢田部は、加藤の口調で、大方の見当がついた。そして、

「出て来て、すぐ殺される役か？　それとも初めから死んで林の中で転ってる役
か？」

と言った。「はっきり言ってくれ。どんな役でも、断らないよ」

「ああ……。いや、今回は死体じゃない。生きてる役だ。セリフもある」

「そりゃ大したもんじゃないか。何の役なんだ？」

「うん……。実はちょっとレトロなホラーなんだ」

プロデューサーの加藤は言った。

「ホラー、結構。で、何の役なんだ？」

と、矢田部が加藤にくり返し訊く。

「これ……なんだが」

加藤が写真を取り出した。

写真を受け取った矢田部は、一目見て表情が固まった。

4　にわか仕立

「何てことないじゃない」

と、ついグチをこぼしているのは、塚川亜由美だった。

N大病院に見舞にやって来た亜由美、ロビーに出るとケータイを取り出し、母にかけた。

「もしもし、お母さん？」

「ご苦労さん」

と、清美は言った。「どうだった？　お葬式はいつごろになりそう？」

「あのね……。何か聞き間違えたんじゃないの？　叔父(おじ)さん、元気だよ。あと二、三日で退院だって」

「あら変ね」

「びっくりしちゃったわよ。廊下をスタスタ歩いてんだもの」

「そう。でも、思ったより良かったんだからいいじゃない。思ったより悪かったたっていうより」

清美はまるで気にしていない様子。「もう夕飯の時間でしょ。どこかで食べてらっしゃい」

「全く……。じゃ、夕食代、出してね」

「いいわよ。ただし千円まで」

「ケチ！」

——通話を切って、亜由美はやれやれ、とため息をついた。

母から、叔父が危篤だから様子を見て来てくれと言われ、来てみれば叔父はピンピンしている。簡単な手術をしただけで、退院間近。

さて、もう帰ろう。

病院も、夜になって待合室の人数も少なくなっていた。

「——あれ？」

気が付いた。ブレスレットがない。

確かして来たはずなのに……。

バッグの中を探したが、見当らない。そして、思い当った。

「あのトイレだ！」

叔父の病室の近くのトイレに入ったとき、手を洗おうとしてブレスレットを外した。そして置いて来てしまったらしい。

亜由美はあわててエレベーターへと戻って行った。

——焦ってそのトイレに駆け込んだが、見当らない。

「でも……確かに……」

諦め切れずに、ナースステーションに行って訊いてみた。

「ああ、これ？」

若い看護婦が、引出しから取り出したのは、正に亜由美のブレスレット。

「そうです！　ありがとうございました！」

と、ホッとする。

「患者さんが見付けて持って来てくれたの」

「そうですか。良かった！」

お礼言わなきゃ。——亜由美は、

「あの、どこの患者さんでしょう？　ひと言お礼を……」

と訊こうとしたが、そこへ、

「いつもどうも」

と、大柄な中年の男性がやって来て、看護師に、「家内はどうでしょうか」

と訊いた。

「あ、矢田部さん。ちょっと待って下さいね。先生からお話があると……」

「そうですか」

少し不安げな様子で、その男は医師の来るのを待っていた。

五十歳前後か、髪は半分くらい白くなって、苦労人らしい気配があった。

看護師が、亜由美へ、

「そのブレスレットを見付けたの、こちらの矢田部さんの奥様なの」

と言った。

「そうですか」

亜由美から事情を聞くと、矢田部という男は、

「そうでしたか。いや、わざわざ礼を言っていただくほどのことでは」

「でも――」

「家内は、あまり具合も良くないので……」

そう言われると、無理も言えない。そこへ白衣の医師がやって来ると、矢田部を少し離れた所へ連れて行って、話をしていた。

どうやら、あまりいい話ではないらしい。

このまま失礼しようと思ったが、矢田部は戻って来ると、少しの間、亜由美を見て、

「――失礼ですが」

と言った。「一つ、お願いしたいことが……」

その女性は、眠っているようにも見えたが、矢田部がベッドのそばに立つと目を開いて、

「──あなた」

「やあ、どうだ？」

と、矢田部は穏やかに言った。

「ええ……。何だか、いくら寝ても眠くって。私、眠り病かしら」

と微笑む。

やつれ、やせてはいたが、表情には安らいだものが見えていた。

「──そちらのお嬢さんは？」

と、亜由美を見て訊く。

「こちらは、今度の映画で共演する女優さんだ。塚川亜由美さんといって、今、どんどん売り出して来てるんだ。──亜由美さん、家内の浩美です」

「初めまして」

と、亜由美は言った。

「まあ……。やっぱり女優さんはきれいね」

と、浩美はため息を洩らすと、「あなた──映画に出るの？」

「うん、そうなんだ。今日加藤から話があった」

「すばらしいわね！　良かったわ」

「ああ。やっと俺の実力を認めてくれたんだな」

「どんな役なの？　刑事さんとか……」

「いや、これまでのような、『その他大勢』じゃない。主演なんだ」

「本当？　凄(すご)いじゃないの！」

浩美の声は弾んで、一瞬、生気が溢(あふ)れた。

「お前にもちゃんと見てもらうからな。早く元気になれ」

「そうね。目標ができたわ。公開までに、治って退院するから」

「そうだとも。ちゃんと医者の言うことを聞いてな」

矢田部は浩美の手を握って、「撮影に入ったら、来られない日もあるかもしれないが、できるだけ、少しでも顔を出すよ」

「いいのよ。お仕事に集中して。——亜由美さん、でしたか……。主人をよろしくお願いします」

「こちらこそ。ご主人の方が大先輩ですから、色々教えていただかないと」

と、亜由美はベッドのそばに寄って言った……。

「すみませんでした」

病院の玄関まで来て、矢田部は言った。

「いいえ」

亜由美は微笑んで、「私を女優にして下さって、却って恐縮です」

「いや、とっさの思い付きで」

と、矢田部は照れくさそうに言った。「これまで、ほとんど役名もないような役ばかりだったので、いきなり主演だと言っても家内が信じないだろうと思ったので。ご迷惑かけてしまって……」

「いえ、ちっとも。でも、映画に主演されるのは本当なんでしょう？」

「まあ……厳密な意味で主演と言えるかどうか分りませんが、メインキャストの一人には間違いありません」

「それって、大したことじゃないですか！　どういう役なんですか？」

「はあ……」

矢田部は、ちょっと迷っている風だったが、上着のポケットから写真を一枚取り出して、

「ホラー映画なんです。メインキャストとして出演するんですが、顔が映らないいんですよね」

「え？　どういうことなんですか？」

と、亜由美がびっくりして訊くと、

「これなんです」

矢田部が見せた写真には、全身、顔や頭の天辺（てっぺん）まで包帯でグルグル巻きになった人間が写っていた。

「これって……」

「〈ミイラ男〉の役なんですよ」

と、矢田部は言った。

何度時計を見直したことだろう。

「九時までには必ず行く」

という言葉を信じて、食事もせず、トイレにも行かずに、ひたすらホテルの部屋のベッドに腰をかけて待っている。

しかし、時計はもう夜の十時二十分を差している。

こちらからは連絡できない。すぐそばに置いたケータイが鳴るのを、ただ待っているしかないのだった。

植田美津子（うえだみつこ）——林竜太が勤めていた村役場の上司である。

休暇を取って、東京へ出て来た。

現金が失くなって大騒ぎをしている最中だったが、犯人は林竜太と村松あかりということで落ちついたし、美津子にできることもない。

前から計画していた旅行だと言って、休みを取った。美津子ほどのベテランになれば、それに文句を言う者などいないのである。

傍のケータイに目をやると、それから小さなテーブルの上のバッグを見る。

きっと――きっとあの人は私の働きに感激して、ほめてくれる。そして「君はすてきだよ」と言って、愛してくれるだろう。

美津子は、自分の職を賭けて、やってのけたのだ。――二千万円。

あの村役場の金庫から消えた二千万円は、今、あのバッグの中に入っている。

「どうしても二千万、必要なんだ」

と、彼は言った。

正に、それだけのお金が村役場に置かれることを、美津子は知っていた。これはきっと運命なんだわ、と思った。

もしかしたら――いいえ、きっと自分は捕まるだろう。それでも、二千万円が彼の手に渡り、彼の役に立つのなら、美津子は満足だったのである。

しかし、思いもかけないことが起った。

林竜太と村松あかりが失踪したのだ。正にすばらしいタイミングで。

二人がどうしていなくなったのか、どこへ行ったのか、美津子は知らない。いや、あれこれ噂はあるが、どうでもいい。

ともかく、「二千万円を盗んだ犯人」が出来上ったのだから、文句はない。

もし二人が捕まって、「盗んでいない」と主張しても、誰も信じないだろう。少なくとも、美津子に疑いがかかることはない。

――もう一度、時計を見たとき、部屋のチャイムが鳴った。――やっと！

飛び立つように、美津子はドアへと駆けて行った。

「――遅かったのね！」

ドアを開けた美津子の顔がこわばった。

写真で見たことのある顔が、そこにあった。

その女は、美津子を押しのけるようにして入って来ると、

「お金はどこ？」

と訊いた。

そして、美津子の方を向いて、

「私を知ってるわね」

美津子は青ざめた顔で、

「大友市長の奥様です」

と言った。

「その通り。大友充江よ」

ブランド物のスーツ、バッグ、靴……。

確か美津子と同年代だが、垢抜けたファッションと冷たいような美しさは、美津子を圧倒した。

「二千万円、用意できたって聞いたから、受け取りに来たの。どこにある?」

美津子はバッグの方を見た。

「――これね?」

大友充江は、素早く歩み寄って、バッグの口を開けて中を覗くと、「結構。いただいて行くわ」

「あの……大友さんは……」

「主人は忙しいの。特にこれから国会議員になろうって人ですからね。あなたと火遊びしている暇はない。あなたも了解しておいてね」

美津子は言葉がなかった。

「そうだわ」

充江はバッグから百万円の束を一つ取り出してからバッグの口を閉めた。そして、

百万円をベッドの上に放り出して、

「これ、あなたに」

と言った。「主人からよ。これが手切れ金と思ってね」

そう言うと、充江は、

「じゃ、私も急ぐから」

と、足早に部屋を出ようとした。

そして、ドアを閉める前に、振り返って、

「主人のケータイは、もう番号もアドレスも変ってるから、連絡しようとしてもむだよ。妙に騒いだりしたら、二千万円、盗んだのがあなただと知れることになる。――そのお金で、東京見物でもして帰りなさい」

と言った。

ドアが閉る。

美津子は、よろけるようにベッドまで歩いて、崩れるように倒れ込んだ。

――分っていた。いつかこうなることは。

大友が本気で美津子を愛していないこと。これまで、美津子がコツコツと貯めて来た一千万円近いお金をすべて吸い上げて、今度はタイミングよく二千万……。

もうこれ以上、美津子からは絞り取れない。――大友はそう踏んだのだ。

あまりに分りやすく、はっきりしている。

涙も出なかった。妙に納得してしまっていた。

私は……絞り切ったレモンなんだ。

美津子は声をたてずに笑った。

ベッドの上を転げ回りながら、笑った……。


「嬉しいわ！」

と、弾むような声で言って、その女の子は駆け寄って来た。

なるほど。この子が「ルナ」か。

矢田部は、「大友市長」とやらと間違えられて、果してその「ルナ」という子がどうするか、興味があって、ホテルのロビーで待っていたのだった。

午前0時ぴったりにやってきたところを見ると、なかなか時間に正確な、きちんとした女の子らしい。そして、確かに、せいぜい二十歳くらいとしか思えない若々しさ。

こいつは、その「市長」でなくても、魅力を感じるだろうな、と思った。

「私のこと、憶えててくれて、ありがとう」

と、その女の子は、矢田部のそばへやって来たが、ピタリと足を止めると、

「あなた……違うわ」

と、目をパチクリさせた。

「よく分ったね。昼間会った連中は、僕のことを、何とか市長と信じ込んでたよ」

「あなた、誰？」

と、用心深く、「私、知らない人とは、いやよ」

「もちろんだ。僕もそんな気もないし、金も持っていない。ただ、面白半分で来てみたんだ」

と、矢田部は立ち上って言った。「すまなかったね、わざわざ来たのに」

「そんなこといいけど……」

と、女の子はちょっと考えて、「ね、何か一杯飲みましょ。せめて、それくらい」

「ああ。じゃ、そこのバーで」

と言ったが、「いや、ホテルのバーなんか、今の僕にはとても……」

「いいわよ。私、つけとくから」

「そんなことができるのか？」

「ここの人、私の顔、知ってるもの」

バーへ入ると、本当に、

「いらっしゃいませ」

と、マネージャーらしい黒服の男が、「これは大友様」

「こら！　名前呼んじゃだめって言われたでしょ！」

と、「ルナ」がにらむ。

「失礼いたしました！」

「お詫びに一杯ずつタダよ」

「かしこまりました」

矢田部は愉快なやりとりに笑ってしまった。なかなか頭のいい子らしい。

ソファに身を沈めて、

「君は〈ルナ〉っていうのか」

「ええ。本当の名じゃないけど。あなたは？」

「僕は矢田部というんだ。売れない役者さ」

「へえ。——TVとか、出てる？」

と、まじまじと矢田部の顔を眺める。

「死体の役とかね」

矢田部の言葉に、ルナは笑い出した。

ウイスキーのグラスが来て、二人は乾杯した。

「——でも、本当によく似てるわ。私は髪の生えぎわとか、細かい所を見るから分るけど、そうじゃなければ間違えるかも」

「そうなのか。世の中には、そっくりな人間が二人や三人いるって言うからな」

「もし……」

「うん？」

「もし、私もあなたを本人だと思い込んでたら、どうした？」

「どうもしない。君に謝って帰るさ」

「本当に？」

「今、家内が入院していてね。具合が良くないんだ。そんなときに裏切れないだろ」

ルナは少しの間、矢田部を眺めていたが、

「やさしいのね」

と言った。

「やさしけりゃ、何をしてでも稼いで、もっといい治療を受けさせてやるさ。売れなくても、役者にこだわって、貧乏暮しをさせちまった。——ちっとも文句を言わないもんだから、僕もこれでいいんだと思ってしまってた……」

矢田部はふと涙ぐんでいた。

ルナは、ちょっとふしぎな生きものでも眺めるように、矢田部を見ていたが、

「矢田部さんっていった?」

「うん? ああ、矢田部邦弘っていうんだ」

ポケットを捜して、しわになった名刺を取り出すと、「もしクレジットタイトルにこの名前が出てたら、死体の顔をよく見てくれ」

「憶えておくわ」

と、ルナは言って、名刺を受け取った。「——もう一杯飲む?」

「いや、もうやめとこう。幸い明日は仕事が入ってるんでね」

「良かったわね」

ルナはそう言うと、「奥さん、お大事に」

と立ち上って、足早にバーを出て行った。

5　ライバル

〈スタジオ・セブン〉の入口のドアは開けっ放しになっていた。

亜由美が中を覗いていると、スタジオの扉が開いて、助手の丸山エイナが欠伸しながら出て来た。

そして、亜由美の足下で尻尾を振っているドン・ファンを見ると、

「ああ！　この前の。――いらっしゃい！」

と、嬉しそうにドン・ファンへ駆け寄った。

「今、撮影中？」

と、亜由美が訊いた。「早苗さんととも子さんがここにいるって聞いたんだけど」

「ええ、今、ちょうど本条さんが二人を撮ってます」

と、丸山エイナは言った。「今はとも子さん、〈トモ〉って名で」

「ええ、知ってます。雑誌で見てびっくり」

「姉妹で、もう仕事が沢山来てるんですよ」

と、エイナは言ったが、「でもね、ちょっと困ったことが……」

と、声をひそめた。

「どうしたんですか？」

「それが――」

と、エイナが言いかけると、スタジオの扉が勢いよく開いて、

「エイナちゃん！　お酒、買って来て！」

と言ったのは、早苗だった。

「お酒――ですか？」

と、エイナが目を丸くする。

「お酒でも飲まなきゃやってられない！　――あら」

「どうも」

と、亜由美は会釈して、「とも子さんも大活躍ですね」

と言うと、早苗はプイと目をそむけて、

「ええ。本条さんは、とも子さえいればいいんです。私なんか用はないって言われて」

「まさか」

「本当なんですよ」

と、早苗が言うと、

「おい、戻って来い」

当の本条カメラマンが出て来て、「次のカットは二人だ。分ってるだろ」

「とも子一人でいいんじゃないですか」

どう見てもふてくされている。――どうやら、本条が〈トモ〉を熱心に撮っているのが気に入らないようだ。

「姉妹でもライバルなんだ」

と、亜由美がちょっと笑うと、

「私なんか、そりゃあ妹にかなわないわよ！　何しろ向うは若いんだもの」

「妹が姉より若いのは当り前だろ」

と、本条が苦笑して、「ともかくあと何カットか撮らなきゃならない。仕事なんだ」

そこへ、見違えるようなメイクをしたとも子が出て来て、

「お姉ちゃん、早く来てよ」

と、声をかけた。

「すみません」

と、亜由美が言うと、とも子がびっくりして、

「まあ、亜由美さん！」

「ワン」

と答えたのは、もちろんドン・ファンだった。

「本条さん、すみませんが、ちょっとお時間を下さい」

と、亜由美が言った。「お二人に話があるって人が」

のっそりと入って来たのは、殿永部長刑事だった。


「二千万円？」

と、早苗が目を丸くした。「あの村役場から？」

「林竜太さんが犯人なんですか？」

と、とも子が言った。

「ニュース、見てないの？」

と、亜由美が言った。

「それどころじゃなくて。私、モデルやるつもりなんかなかったのに、こんなことに……。もう目が回りそうで、TVも見ないで毎晩寝ちゃうんで」

「あら、結構嬉しそうよ」

と、早苗がチラッととも子を見る。

「お姉ちゃん！」

「それはともかく」

と、殿永が言った。「役場から、林竜太と村松あかりの二人が姿を消したんです。それに林の母親、林啓子も、スナックを突然閉めて」

「竜太のお母さんは、息子を追って上京して来たんだと思います」

と、とも子が言った。「私たちの事務所に、お姉ちゃんの住んでる所を教えろと」

「でも、それっきり何も言って来ないよね」

と、早苗は言った。「二千万円のことを知って、それどころじゃなくなったのね、きっと」

スタジオ内が、一時休憩になって、みんな折りたたみの椅子にかけて話していた。

「でも、本当に竜太が？」

と、早苗は首をかしげて、「そりゃあ、私につきまとって、閉口したけど、そんなお金を盗むなんて……」

「村松あかりさんが一緒っていうのもふしぎね」

「どんな子だっけ？　私はよく憶えてないわ」

と、とも子が言った。

「お姉ちゃんと、たぶん同い年だよ。私、何度も会ったことある」

「竜太と一緒って……」

「そのことですが」

と、殿永が言った。「二人が乗った列車の車掌の話では、村松あかりは、林竜太を追いかけて来たようだと。列車に飛び乗るようにして、そのときは事務服にサンダルばきだったそうですから」

「まあ……」

早苗が呆気に取られている。

「村松さん、林竜太のことが好きだったのよ」

と、とも子が言った。「役場では、みんなそう言ってた」

「そうだったの……。でも、お金を持ち逃げする理由があるかしら？」

「それは、早苗さんを捜すにしろ、付合ってもらうにしろ、東京での生活に金がかかりますからね」

と、殿永が言った。

「だけど、そんなにすぐ分るように盗むなんて、おかしくない？」

と、亜由美が殿永に言った。

「おっしゃる通りです。もちろん、人間、恋をすると、とんでもないことをやってしまうものですがね」

「殿永さんが恋を語る！　うちの母に聞かせたかった」

亜由美が笑いをこらえて言うと、ドン・ファンがひと声鳴いた。

殿永は咳払いして、

「すると、林竜太も母親も、あなた方に連絡して来ていないのですね？」

「今のところは何も」

と、早苗が肩をすくめた。

「もし、何か連絡して来たり、姿を見せることがあったら、私に電話して下さい」

殿永は二人に名刺を渡した。

そして、立ち上ると、

「お仕事の邪魔をして失礼」

「いや、それより……」

と、本条が言った。「この二人の身が心配です。もし、二人を道連れに……」

「怖いこと言わないで！」

と、早苗が言った。

「いや、あり得ないことではありません」

と、殿永は少し考えて、「今、お二人は一緒に？」

「私のアパートに」

と、早苗が肯いた。

「もっと警備のしっかりしたマンションに移った方がいい」

と、本条は真剣な口調で、「君らの所の社長に話をしよう」

「そんな……。うちなんか、小さな事務所ですもの。お金なんか出してくれないわ」

と、早苗が言うと、本条が、

「それなら僕が出す！」

と、断固とした口調で言った。

「本条さん……」

本条の目は、とも子へ向いていた。

誰の目にも明らかだった。本条はとも子に恋しているのだ。

早苗は、ちょっとため息をついて、

「良かったわね、とも子」

「お姉ちゃん――」

「私は一人で大丈夫。本条さん、とも子をお願いします」

「そんなことできないわ！」

とも子が姉の手を取った。

「気にしないの。――林竜太だって、私をどうこうする度胸はないわよ」

ドン・ファンが、少しやかましく鳴いた。

「――分ったわよ」

と、亜由美はドン・ファンをにらんでから、

「ドン・ファンもああ言っておりますので、とりあえず、お二人とも、私の家に泊って下さい」

6　影の中

「忙しいのね」

　と、ルナが呆れたように言った。

「今夜のパーティには、遅れるわけにいかないんだ！」

　大友はネクタイをしめながら言った。「——おかしくないか？」

「大丈夫よ。ただ……」

　と、ベッドの中から、ルナが言った。

「何だ？」

「ズボンの前が開いてるわ」

　大友はあわててファスナーを上げると、

「身近なことは忘れるもんだな」

　と笑った。

「あと、髪をちゃんと直して。すぐばれるわよ、その頭じゃ」

「そうか？」

　大友が急いでバスルームへ入って、ヘアスプレーを使う。

ルナはその間にベッドから出て、ガウンをはおった。

「――私、ここで食事して行く」

「ああ。ルームサービスでも取って、部屋へつけとけばいい」

大友は腕時計を見た。「そろそろ……」

「行って。奥さんに怪しまれるわよ」

「いや、あいつは……。実は今日のパーティ、息子が来るんだ」

「へえ。啓太(けいた)……さんだっけ？」

「うん。今年大学を出たんだが、まだブラブラしててね。今夜のパーティで、誰かいいコネをつけられたら、と思って」

「あ、そうだ」

と、ルナは言った。「どこか、いいお医者さんを知らない？」

「医者？　どこか悪いのか？」

と、大友は訊いた。

「私じゃないの。ちょっと知ってる人の奥さんがね」

「何だ。女房持ちの男と付合ってるのか？」

「何言ってんの。自分だって女房持ちでしょ！」

「あ、そうか」

どこか少し抜けたところがある。

「あなたとそっくりな人がいるの。あんまり売れてない役者さんでね」

「そっくり？」

「そう！　本当にそっくりなのよ！　で、その人の奥さんがね……」

ルナの話を聞いていた大友は、

「――もう行かないと」

と、あわてて言うと、「今の男のこと、もっと詳しく聞かせてくれ。後で連絡するから」

と、せかせかとホテルの部屋を出て行った。

「落ちつかない人」

とルナは呟いて、思い切り伸びをする。「――そろそろ潮時かな」

大友は、ルナを相手にしているときは気が楽なようで、ルナも、そう悪くない男だと思っている。しかし、このところ、国会議員を目指しているようで、妻がうるさくて仕方ないとこぼしていた。

ルナも、アルバイト感覚の付合だが、大友の妻に恨まれたりするのはごめんだった。

今夜のパーティは、息子も来るというし、ルナの方から別れを切り出す方が、スンナリと行くかもしれない……。

ルナはシャワーを浴びて、

「さあ、何を食べようかな……」

と、ルームサービスのメニューを眺めていたが、ふと思い付いて、

「──そうだ」

と呟いたのだった……。

「悪いわ、私たちまでごちそうになっちゃ」

と、亜由美は言った。

「ねえ」

と、神田聡子。

「ワン」

これは──当然ながら──ドン・ファンである。

「いや、大事な二人を預かっていただく以上、感謝の気持を忘れないようにしないとね」

と言ったのは、本条カメラマンだった。

片桐早苗とともも子の姉妹と一緒に、ホテルの地階にある中華料理の店に入ってい

たのである。

「悪いわ」

と言いつつ、あれやこれやと注文している亜由美だった。

「――ね、お姉ちゃん」

と、化粧室に行っていたとも子が席に戻って来て、「このフロアの宴会場に、今、大友さんが入ってった」

「大友さん？」

「ほら、N市の市長になった」

「ああ、あの人。――じゃ、何かパーティでもあるのね」

「大友市長って……」

「近々国会議員を狙ってるんですって。もともとは、私たちの故郷の出身なんです」

と、とも子が言った。「確か、お父さんが校長先生とか……」

「そうそう。何だか頼りない感じの、パッとしないおっさんだったけどね」

と、早苗が肯いて、「誰だか、偉い人の娘さんを奥さんにしたら、N市に越して、いつの間にか市長になってた」

「でも、国会議員はどうかしらね」

と、とも子は首をかしげて、「ちょっと器じゃないって気がする」

「厳しいね」

と、本条が笑って言った。「さ、取って食べてくれ」

「はい!」

とも子はさすがに若い。ほとんど亜由美と競う勢いで食べていた。

亜由美のケータイが鳴った。

「あ、殿永さんだ。ちょっと失礼」

と、席を立って、亜由美はロビーへと出て、「――はい、亜由美です」

「殿永です。実は……」

「何かあったんですか?」

「先ほど、ビジネスホテルで死体が――」

「え?」

「絞め殺されたと思われる女性の死体でしてね。持っていたバッグを調べたら、どうやら……林啓子らしいんですよ」

「林啓子って……。あの、村役場からお金を持ち逃げした林竜太の――」

「母親です」

と、殿永は言った。「今、先方へ照会していますが、まず間違いないでしょう」

「そうですか……。じゃ、やはり二千万円のことで……」

「それはこれからですが、今、あの姉妹と一緒ですか？」

「ええ。食事してます」

「では、機会をみて、話してあげて下さい。やはり亜由美さんは犯罪と縁がありますね」

「殿永さん、それはないんじゃない？　まるで私のせいみたいなこと言って。もしもし？　——もしもし？」

切れてる！

「もう……。どうなってるのよ！」

と、ブツブツ言いながら、戻ろうとすると、ロビーへ入って来た女の子と顔を見合せて、

「——あれ？」

「ああ、亜由美じゃない」

「美月！　珍しいね、こんな所で」

同じ大学の学生だった。伊東美月。ちょっと大人びた印象の、整った容姿の美人である。

「亜由美は何の用で？」

「そこでご飯食べてる」

と、亜由美は中華料理店を指さした。「美月は？」

「うん、ちょっと人と待ち合せてるの」

と、美月は言って、「それと、そこのパーティに、知ってる人が」

「へえ。美月がそんなに顔が広いとは知らなかったわ」

「今、亜由美、ケータイで深刻そうな話、してたわね」

「私って、何だか『犯罪を呼ぶ女』だって思われてるの」

「へえ。それほど妖しい魅力、ないけどね」

「はっきり言って下さって、どうも」

「悪口じゃないのよ」

と、美月は笑って、「亜由美の魅力は、明るい、健康的なところだってこと」

「お気づかいいただいて」

と、亜由美も笑って、「じゃ、私、戻るから――」

「あ、来た。――ここよ」

やって来た男性を見て、亜由美はびっくりした。

「やあ、君か。誰からのメールかと思ったよ」

「伊東美月っていうのよ、私」

「そうか。でも……。あれ？」

と、亜由美に気付いて、「あなたは……」

「どうも」

亜由美は「ミイラ男」こと、矢田部邦広に会釈した。

「亜由美、この人を知ってるの？」

美月がびっくりしている。

「いや、たまたま僕がお願いしてね」

矢田部が、病院での出来事を話すと、美月は肯いて、

「そんなことがあったの。亜由美は、そりゃあ人がいいからね。いつも私、羨しいって思ってるの」

「美月、それって皮肉？」

「違うよ！　私には真似(まね)できないもの。本当よ」

「ともかく、私はこれで」

亜由美は中華料理店へと戻って行った。

「――君、ルナっていうのは……」

と、矢田部が言った。

「仕事用の名前。美月だからね」

「なるほど。しかし、僕に何の用？」

「会ってほしい人がいるの」

と、美月は言って、「そこの奥のソファで待ってて。少し手間取るかもしれないけど」

「分った」

矢田部は、ちょっとふしぎそうに言って、そのソファの方へと足を運んだ。


「何かあったのね」

と、神田聡子が言った。

「え？　どうして？」

戻って食べ始めた亜由美は面食らった。

「ドン・ファンがじっと亜由美を見てる。殿永さんから、何か物騒なこと言って来たんでしょ」

「まあ……ね」

隠しておいても仕方ない。「早苗さんたち、びっくりするでしょうけど、さっき、林啓子さんらしい人が殺されたって……」

「林さん？」

早苗が目を丸くして、「竜太のお母さんが？」

亜由美が殿永の話を伝えると、

「気の毒に……」

と、とも子が言った。「女手一つで、竜太さんを育てて。スナックやって頑張ってたのに」

「でも、東京に出て来て殺されるって、そんなこと、ある？」

「そうよね。こっちに知り合いなんていなかったと思うし……」

と、とも子が首をかしげた。

「竜太と村松あかりが持ち逃げした二千万円が関係してるのかしら？」

と、早苗は言って、「でも……竜太に、そんなお金、持ち逃げする度胸があったとは、思えないけど……」

と悩んでいる様子ではあったが、早苗もとも子も、食べる手は止らなかった。

殺人事件は、この姉妹にあまりショックを与えていないようだったのである……。

「どうも、市長！」

一つのパーティの間に、何度そう声をかけられるだろう。

大友は、その度に、

「ああ、どうも！　これはこれは」

と、愛想よく言葉を返すのだが、その実、声をかけて来た相手の半分も、誰なのか分っていないのである。

どうも、これは……。

この言葉が通用しない相手は、まずいないだろう。

しかし、いつまでも「市長」ではいないぞ。

大友はそう思った。

そうだ。俺は近々「国会議員」になる。決ったわけではないが、なってみせる。

「あ、市長、どうも」

「やあ、いつぞやは」

会ったことがある、と憶えているなら、この挨拶でいい。

しかし——いい加減疲れていた。

パーティといっても、ひと晩に一つという日の方が少ない。下手(へた)をすれば、ひと晩に三つも四つもパーティを回ることがある。

仕方ない。それも仕事なのだ。

「市長、お元気？」

「やあ、どうも——」

と言いかけて、大友はギョッとした。

そこでニコニコ笑っていたのは、ルナだったのだ。

「おい……。どうしたんだ？」

と、あわてて声をひそめる。「こんな所に来ちゃ困るよ」

「だめね」

と、ルナ――美月は笑って、「急にヒソヒソ話じゃ、それこそ怪しいと思われるでしょ。知り合いの娘さんとでも見えるようにしなきゃ」

「そりゃまあ……そうだけど。びっくりしたんだ」

こいつはだめだわ、と美月は思った。とても国会議員って柄じゃない。

「息子さんが来るんじゃなかったの？」

「うん。女房が連れてね。ついさっき、あと三十分で行くって連絡が来た」

「じゃ、今のうちね。ちょっと引き合せたい人がいるの。来て」

美月に手を引張られて、大友はロビーへ出た。

「おい、何だい、一体？」

「いいから。――こっち」

ロビーの隅のソファへと引張って行くと、美月は、

「さ、紹介するわ。俳優の矢田部邦広さん！」

ソファから立ち上った矢田部は、大友と向い合った。そして——二人とも、しばらく立ちすくんでいた。

「いかが?」

と、美月が言った。

「いや……これはびっくりだ」

と、大友は息をついて、「よく似たもんだな。いや——もちろん、僕のような貫禄はないけど……」

何か付け加えないといけない、と思ったらしい。

「あなたが『大友市長』さんですか。こっちは売れない役者でしてね。ご覧の通り、安物服しか着てられません」

「ね、大友さん」

と、美月が言った。「瓜二つのこの人のために、奥さんをいい病院に入れてあげて」

「家内のことを?」

「偉いのよ、矢田部さん。奥さん思いでね。あなたとは、見た目が似てても、そういうところは似てないの」

「好きなこと言って」

と、大友は苦笑した。「まあ、色々、病院やいい医者も知ってる。もし役に立つのなら……」

「お気持はありがたいですが」

と、矢田部が言った。「一流の病院にかかる金もありません。家内も、あと何か月かと覚悟してます」

「ね？　本当にいい人でしょ？　大友市長の名にかけて、助けてあげてよ」

と、美月に言われて、大友は、

「できるだけのことは。──今はどこに入院してるのかな？　担当医の名前も分れば……」

大友は、矢田部が恐縮しつつメモした紙をポケットへ入れて、

「手を打って、連絡するから」

「それはどうも。もし家内が助かるなら……」

「その代り──」

と言いかけて、大友は腕組みすると、「どうだろう？　どうしても必要なとき、僕の影武者になってくれないか」

「え？」

矢田部が目を丸くした。

「ね、あれ、奥さんたちじゃないの?」

と、美月が言った。

大友は振り向いて、

「本当だ! じゃ、ルナ。また――」

と言って、大友は駆け出して行く。

「君、どうして……」

と、矢田部が言うと、美月は首を振って、

「私、お金だけでつながってる人のことでも、何か役に立てるなら、って思ったの」

「気持は嬉しいよ」

「じゃあ、またね!」

と、美月は手を振って、ロビーから足早に出て行った……。

7　恋心

「早苗さん」

撮影が一段落して、ひと息ついていると、〈スタジオ・セブン〉の丸山エイナが声をかけて来た。

「はい？」

「お電話が入ってます」

「私に？」

「ええ。撮影中も二回かかってたんですけど、途中だったんで」

「誰だろう？　出るわ」

知り合いなら、ケータイへかけるだろう。このスタジオの電話へかけて来るなんて……。

狭苦しいオフィススペースの電話を取って、「もしもし。早苗ですけど」

と言うと、ややあって、

「――片桐早苗さんですか」

と、女性の声。

「ええ。そちらは？」

「私――村役場にいた、村松といいます」

「あ……。村松あかりさん？」

「そうです。すみません、お仕事中」

「それはいいけど……。あなた、林竜太君と――」

「今、ここにいます」

「竜太君が？」

「頼まれて、私がかけたんです。今、替ります」

「あの――」

「もしもし」

男の声になった。「早苗さんか」

「竜太君？――あなた、どこにいるの？」

気が付くと、とも子がそばに来て、聞いていた。

「身を隠してるんだ。知ってるだろうけど――」

「竜太君。お金、持ち逃げしたの？」

「違う！　そんなことやってない！」

と、竜太は言った。「本当なんだ。俺もあかりも、何も知らない。信じてくれ」

「分るわ。そんなことしないと思ってたわ、私も」

「ありがとう」

「それより……知ってるんでしょ、お母さんのこと」

「うん……。TVのニュースで見た」

「お気の毒ね。あなたを追いかけて東京へやって来たんでしょう」

「そうだと思う。会ってなかったんだ、こっちでは」

「妹とも話したんだけど、同郷の人だし、お母さんのお葬式、私たちで出そうと思ってるの。いいかしら？」

「早苗さん……」

「あなた、警察へ出頭したら？　お金を盗んでないのなら、逃げ回ることないじゃないの」

「あかりとも、そう話してたんだ。でも、きっと、本当の犯人が捕まると思ってる内に、一日一日たってしまって……」

「今からでも遅くないわよ」

「いや、今はお袋を殺した奴を見付けて、仕返ししてやろうと決心したんだ」

「そんなこと……。見当がついてるの？」

「いいや。でも、きっとこの手で――」

「無理しちゃだめよ。お母さんはきっと何かに巻き込まれたのよ。あなたが犯人を見付けるなんて、とても――」

「早苗さん。俺は必ず見付けるよ、犯人を。お袋のこと、よろしく」

「だけど――。もしもし?」

切れていた。

早苗はとも子と顔を見合せた。

「お姉ちゃん……」

「ね、林啓子さんのお葬式、やってあげましょう」

「うん」

と、とも子は肯いた。

「いい話だ」

と、顔を出したのは、本条だった。

「あ、聞いてたんだ」

と、早苗が言った。「――田舎の人間だから、私も妹も。亡くなった人のことは、悪く思わないようにしてる」

「よし、費用は僕が出そう」

と、本条は言った。

もちろん、何だか妙なお葬式になった。

林啓子を知らない亜由美たちも出席したが、他にも、早苗ととも子以外は、本条の知人などが来ただけだった。

それでも、一応形はちゃんと整えて、正面の遺影は、あの村の人から送ってもらった。

「――良かったですね」

亜由美と一緒に来たのは、殿永だった。

「ワン」

ドン・ファンも来ていた。

「何か分りました？」

と、亜由美は訊いた。

「いや、今のところは」

と、殿永は首を振って、「ホテルの防犯カメラが故障したまま放っておかれてたので、何も残ってないんですよ」

「あの二千万円のこと……」

「私が口を出す立場ではないのでね。もう犯人として林と村松あかりが手配されているので、他に犯人がいないか、調べようとはしないでしょう」

「そうですね……」

殿永も刑事である。警察には管轄というものがあるのだ。

「亜由美、誰か……」

と、聡子が言った。

斎場の正面玄関が見えているのだが、今、その正面に黒塗りのハイヤーが停った。

「ここに来る人かしら？」

しかし、たまたま今は他に告別式がない。

正面玄関を入って来たのは――。

「おや」

と、殿永が言った。「あれはN市長の大友さんですよ。どうしてここに……」

「N市長？」

亜由美は、あのホテルで食事したとき、とも子がN市長のことを話していたのを思い出して、椅子にかけていた早苗とともに子にそっと知らせた。

「――あ、大友さんですね」

と、早苗が挨拶した。「お忙しいのにどうも」

「やあ、君たちは今モデルで売り出してる二人だね」

と、大友は言った。「同郷の人間ということで、君らが葬式を出したと聞いてね。同じ村の出身として、ぜひ焼香させてもらおうと思ったんだ」

「そうですか。恐れ入ります」

「林啓子さんのことは、何となくしか憶えていないが、確かスナックを開いていたんだったね」

「そうなんです。息子さんのことを、私……」

「今、手配中なんでしょ」

と、不機嫌そうに言ったのは、大友の妻だった。「何もあなたがこんな所に来なくても——」

「いや、それが人情というものだ」

と、大友は言った。「焼香させてもらって、すぐ失礼しなきゃならんが」

「お願いします」

と、早苗は言った。

大友と妻の充江が焼香すると、もう客もないようで、

「ではそろそろ——」

と、葬儀社の人間が言いかけた。

大友と充江は、そのまま斎場を出て、待っていた車へと向った。

そのとき、早苗がハッとした。

「竜太君！」

「え？　どこ？」

「今、外にチラッと――」

殿永が玄関へと駆け出す。亜由美とドン・ファンも続いた。

斎場の前庭になるロータリーの植込みから、誰かが駆け出した。

「待て！」

と、殿永が声をかける。

そのとき、鋭い銃声が聞こえて、玄関のガラス戸にひびが入った。

「危い！　伏せて！」

と、殿永が怒鳴った。

「ワン！」

ドン・ファンが、亜由美でなく、車に乗ろうとしていた大友へと吠えた。

再び銃声がして、大友の車のガラスが割れた。

「おい！　危い！」

大友が充江を突き飛ばした。

さらに銃声が二度鳴って、その後、車の急発進する音がした。

殿永が斎場の外まで駆けて行ったが、じきに息を弾ませて戻って来た。

「逃げました」

と、殿永は言った。

「誰もけがしてないですね。良かったわ」

と、亜由美が言った。「でも、誰が撃ったの？」

「分らないですね」

と、殿永は首を振った。「車の中から。誰を狙ったのか……」

そこへ、大友と充江がやって来た。

「大友さん、大丈夫でしたか？」

と、亜由美が訊く。

「うん。それは君の犬か？」

と、大友がドン・ファンを見て言った。

「ええ。ドン・ファンといいます」

「吠えて警告してくれた。ありがとう」

「私、お尻を打ったわ」

と、充江は仏頂面で言った。「痛いわ」

「弾丸が当るよりいいだろ」

と、大友が言った。

「──確かに竜太君だった？」

と、とも子が早苗に訊いた。

「ちょっと見えただけだけど、たぶん……。それに、何でもない人なら、逃げないでしょ？」

「それはそうね」

と、とも子は肯いて、「母親のお葬式を一目見たかったのかしら」

本条が玄関の方へ出て来て、

「二人とも何ともなかったか？」

「ええ、大丈夫です」

と、とも子が言うと、本条が、

「いや、良かった！」

と、いきなりとも子を抱きしめたのだ。

早苗も、そんな光景を見ても、もう何も言わなかった。そして、

「とも子。本条さんの所に泊めてもらったら？　私だけ塚川さんの所にご厄介になるから」

と言った。

「だめよ、そんな」

と、とも子は言った。「先生、ごめんなさい。でも、私、ズルズルと一緒に暮したりするの、いやなの」

「分った。好きにしてくれ」

本条は微笑んで、とも子にそっとキスした……。

「――十分ほどで参ります」

と、ハイヤーのドライバーが言った。

「分った。君もけががなくて良かったね」

と、大友は言った。

「ありがとうございます」

車が銃弾を受けてしまったので、代りの車を呼んでいるのだ。

大友と充江は、斎場のロビーのソファに座っていた。

林啓子の葬式は、もう終ろうとしているようだった。

充江は周囲を見回してから、

「あなた。――分ってるんでしょ」

と言った。

「今、その話はよせ」

と、大友はじっと正面を見たまま言った。

「誰も聞いちゃいないわよ」

「何だって言うんだ」

「あの発砲は、あなたへの警告よ。そうでしょ？」

大友は息をついて、

「たぶんな」

「あの二千万じゃ不足なのよ。とりあえずは大丈夫かと思ったけど……」

「あいつらは、取り立てるとなったら、ビタ一文、まけないんだよ」

「呑気なこと言って！　どうするの？」

「何とか金を作る。それ以外に、荻野(おぎの)を満足させる方法はない」

「でも……」

「お前も、努力してみてくれ。今、お前の実家が大変で余裕がないってことは、僕も知ってる。しかし、原因は啓太が起こしたことだ。息子のことには、二人とも責任がある。そうだろ？」

「啓太は……運が悪かったのよ」

「そんな風だから、あいつもちっとも変らないのさ」

「だって……啓太を刑務所へ入れるわけにいかないわ。そうでしょ?」

「分ってる」

「何とか……私も色々当ってみるわ」

と、充江は言った。「でも、あなたの身に何か起ったら……。国政選挙に出るのは無理になるわよ」

「用心するさ」

「でも……市長ってだけじゃ、SPも付かないわ」

「危いときは、身替りを立てる」

「何ですって?」

「僕とそっくりの男を見付けたんだ」

「そんな……。いくらそっくりでも……」

「向うが勝手に僕と間違えて殺したら、僕の責任じゃない。何てったって。殺人は重罪だからな。借金の取り立てどころじゃなくなる」

充江はちょっと当惑したように夫を眺めて、

「そのそっくりさんは、どこで見付けたの?」

と訊いた。

「たまたまさ。——向うはもちろん、そんな事情は知らない。僕が忙しいとき、代りにパーティに出たりしてくれればいいと言ってある」

「呆れた！　そんなに似てるの？」

「ああ。お前も一度会ってみるといい。びっくりするぞ」

充江は半信半疑という表情で、表の方へ視線を戻した。

「――でも、あの人はどうして殺されたのかしら」

と、充江が言った。

「誰のことだ？　――林啓子か」

「そうよ。偶然だと思う？　あの二千万円を盗んだって容疑をかけられてる男の母親が殺されるなんて」

「そこまでは分らないよ。何か個人的な恨みのせいかも……」

充江はちょっと皮肉めいた笑みを浮かべて、

「今は、下手なことをしたらマスコミが飛びつくわよ。用心してね」

「何のことだい？」

「とぼけないで！　東京へ来る度に何をしてるか、私が知らないとでも思ってるの？」

「おい……」

「あなたがそんな風だから、啓太もあんなことをしでかすのよ」

ドライバーがやって来て、

「お車が参りました」

と告げた。

「ありがとう。――さ、行こう」

と、大友は妻を促した。

二人が正面玄関へと向うと、ソファの下から、ドン・ファンがノコノコ出て来て、のんびりと欠伸をした……。

8 プロポーズ

「じゃ、本気なの？」

と、早苗が言った。

「もちろんよ」

と、とも子が肯く。「本条先生だって――」

「そりゃ分ってるわよ」

と、早苗は、少々やけ気味にワインを飲んで、「先生の方は本気。でもね、あんたはまだ二十一なのよ」

「分ってるわ、自分の年齢（とし）ぐらい」

「よく考えた方がいいわよ。先生はもう四十五。普通なら親子だわ」

――殺された林啓子の葬儀が終って、亜由美たちも一緒に、夕食をとっていた。

本条は他のグラビアの仕事が入っていて、そっちへ回っていた。

「――でも、妙ね」

と、亜由美が言った。「林竜太って人が、どうして狙われるの？　村役場で働いてたんでしょ、ずっと？」

「それはふしぎね」

と、早苗は肯いて、「あんな村にマフィアがいるとも思えないものね」

「ワン」

テーブルの下で、ドン・ファンがひと声鳴いた。

「あんたはお手柄ね。あの大友って市長さんのこと、助けて」

と言って、亜由美は、「――そうか」

「どうしたの？」

と、神田聡子が言った。

「もしかすると……。狙われたのは、大友市長だったんじゃない？　流れ弾が当りそうになった、と思ってたけど」

「じゃ、大友さんが裏で何か？」

と、早苗が言った。

「殿永さんに調べてもらおう。ね？」

亜由美が言って、隣の席の殿永が、

「ともかく、あの銃弾を調べています」

と言った。

「大友さん、市長としては評判いいけどね」

と、早苗が言った。「ああ、もう一杯、今度は赤ワインで行こう！」

「お姉ちゃん……」

と、とも子が眉をひそめる。

「いいでしょ。やけ酒よ」

「どうしてお姉ちゃんが？」

「そりゃ、元々は、私が本条先生の本命だったからよ」

「——本当に？」

と、とも子は姉をまじまじと見て、「だったら初めからそう言ってよ！」

「言ったら諦めた？」

「それは……分らないけどね」

「そら、見なさい」

「まあ、落ちついて」

と、亜由美は言った。「とも子さんだって、本条さんと知り合って、まだ少ししかたってないでしょ。急ぐことないんじゃない？」

「でも、先生はもう四十五です！」

と、とも子は言った。「一日でももったいない！」

「好きにすれば？」

と、聡子が言った。

それもそうか。——亜由美は、考え直した。

人の恋路を邪魔する者は、か……。

そうね。他人同士の恋に口を挟むくらい馬鹿らしいことはない……。

そこへ、亜由美のケータイが鳴って——。


「良かったですね！」

亜由美の喜びようも、多少はワインの酔いが残っていたからかもしれない。

しかし、もちろん、矢田部の方の喜びは当然だった。

病院は、まるでホテルのような洒落た明るい造りで、確かに入院している人間の気持も違ってくるだろうと思われた。

「大友さんには、どうお礼を申し上げればいいか……」

もちろん、大友の口ききで、矢田部の妻、浩美がこの病院へ移ったのだが、立派な病院だから喜んでいるわけではない。

この病院で診てもらって、「余命宣告」されていた浩美が、「治る希望がある」と言われたのである。

「まあ、費用はかかるでしょう」

と、矢田部は言った。「でも、家内が良くなるなら、何としてもお金を作ります！」

「撮影の方はどうなんですか？」

と、亜由美は訊いた。「私も出演してることになっているんで」

「そうでした」

と、矢田部は笑って、「順調です。毎日、ミイラ男になるのは大変ですが」

「私、ミイラ女の役でしょうかね」

「いや、もし出演されたら、ヒロインですよ！」

お世辞と分っていても、めったに言われたことのない亜由美としては嬉しいのだった……。

——矢田部から、妻の転院の知らせを聞いて、夜だったが、亜由美はやって来たのだった。

そこへ、エレベーターの扉が開いて、当の大友市長がやって来たのである。

一人ではなかった。若そうだが、いささか不健康な太り方をした男が一緒だった。

「やあ、問題はなかったかね？」

と、大友が声をかける。

矢田部は涙ぐんで、感謝している。

その間に、若い方の男が亜由美の方へやって来ると、

「君は看護師？」

と、声をかけた。

「いいえ。矢田部さんの知り合いです」

「そうか」

と、少しの間、亜由美を眺めていたが、「抱いてやろうか」

と言った。

「──今、何て？」

と、亜由美が思わず訊き返す。

「抱いてやる、と言ったんだよ。一緒に来な」

と、亜由美の腕をつかむ。

「やめて下さい！」

と、振り切って、「何ですか、いきなり」

「おい、どうした？」

と、大友がやって来る。

「この女が生意気なんだ」

「おい、啓太……。すまんね。息子の啓太だ」

「はあ……」

大友の息子？　しかし、どうかしてる！

「そういきなり声をかけたって、失礼なだけだろう」

と、大友は言った「矢田部君の様子を見に寄っただけでね。——さ、啓太、行くぞ」

啓太はつまらなそうに亜由美を見て、

「俺のこと、分ってないんだな」

と言うと、大友についてエレベーターの方へと向った。

「——何だ、あれ？」

と、亜由美は首をかしげた。

矢田部は担当の医師と話していたが、亜由美の方へやって来て、

「いや、希望が持てるって、すばらしいことだね」

と言った。

「大友さんは何て？」

「頼まれたんだ。影武者をね」

「じゃ、大友さんの代りに？」

「今度の週末に、何かイベントがあって、それに代りに出てくれ、と言われた」

「あれだけ似てれば、大丈夫。誰にも分りませんよ」

と、亜由美は言った。

そして、気が付いた。――亜由美だって、大友と矢田部を見て、あまりに似ているのにびっくりしたのだが、あの啓太とかいう息子はまるで何の反応も見せなかった。

あれって、普通じゃないよ。

「そうか」

と、矢田部は思い付いたように、「その日は撮影を休まなきゃ。加藤から頼んでもらおう」

そう言ってから、矢田部はちょっと笑った。

「どうしたんですか？」

「いや……。休むのは難しくても、代役を立てるのは簡単だなと思って。何しろ包帯でグルグル巻きにされて、まるで顔が分らないんだから」

矢田部の言葉に、亜由美は納得したのだった……。

妻のそばに残っている矢田部と別れて、亜由美は病院を出た。

大分遅い時間だった。タクシーで帰ろう。

空車が来ないかと足を止めていると――。

車が一台、やって来て亜由美の前で停った。しかし、どう見てもタクシーじゃない。

車から男が降りてくると、

「おい、乗れ」

と言った。

「は？」

「車に乗れと言ってるんだ」

「でも……私、タクシー待ってるんで」

「いいから乗れ」

男がナイフをチラつかせた。

私、誘拐される？

ともかく、仕方なくその大型の外車に乗る。

「お前、何ていうんだ？」

白いスーツに赤いネクタイ。――ヤクザとしても、かなりセンスの悪い服装だ。

「塚川亜由美です」

「大友と会ってたな」

「大友さん？　──市長の？」

「そうだ」

「会ってたって言っても……。たまたまですけど」

「本当か？」

「あの……大友さんが何か……」

「まあ、話をするだけじゃ、時間がもったいない。どこへ行くんだ？」

「家へ帰ります」

「送ってやる。どこだ？」

「はあ……」

何だか親切なヤクザだ。

ともかく、車は亜由美の家へと向った。

「大友の女なのか」

と、その男は言った。

「私が？　とんでもない！」

「そうか。──まあ、タイプじゃないかもしれんな」

「あの……あなたは？」

「荻野というんだ。N市じゃ、ちょっとした顔だ」

「N市って、大友さんが市長をしてる……」

「そうだ。色々と縁があってな」

「でも、私はありません。特にあの息子さん……」

つい、気楽に口にしてしまった。

「大友啓太か。付合ってるのか？」

「そんなに趣味悪くありません」

亜由美の言葉に荻野は声を上げて笑った。

「面白い奴だな」

「恐れ入ります」

「あのドラ息子は、N市じゃ有名だ」

「へえ。お笑いでもやるんですか」

「そうじゃない！　あいつは女と見れば、すぐ手を出す」

「はあ。——私にも、会うなり『抱いてやる』とか言い出して。びっくりしました」

「やっぱりな」

荻野は肯いて、「お前ぐらいのレベルなら、必ず誘ってくる」

どういうレベル？　——亜由美としては気になったが、

「でも、あれって、口説いてませんよ。ついて来るのが当り前って態度で」

「それで結構ついてく女がいるのさ」

「本当ですか？」

「N市なんて、大した仕事はない。ちゃんとした所に勤めようと思ったら、コネに頼るしかないからな」

「つまり、大友市長のコネで、ってことですか」

「大友も息子にゃ困ってるんだ。お前は相手にしなきゃいい」

「そうします。言われなくても」

車はじきに亜由美の家の近くへ来て、

「──あ、その辺りで停めて下さい。送っていただいてどうも」

と、亜由美が言うと、

「おい」

と、荻野が何か思い付いたようで、「今度の週末に、N市へ来い」

「え？」

「市制何十年だかのイベントがある。大友ももちろん出席する」

イベント？──そう言えば、さっき矢田部が「週末のイベント」の話をしてたっけ。

「そこにどうして私が？」

「大友啓太も来る。しかし、イベントの会場でも平気で女を追いかけ回すかもしれん。いや、本当にあいつはやりかねないんだ」

「それで……」

「お前に、イベントの間、奴の相手をしてほしい」

亜由美はゾッとした……。

9　仕返し

喜ぶわけにはいかない。

もちろんそうだ。——村松あかりにも、そのことはよく分っていた。

林竜太があかりを抱いたのは、母親が殺されたショックからだった、ということ。

それもよく知っている。

だから、そのことをあまり喜ぶわけにいかなかったのだ。それでも、あかりは幸せだった。

ずっと好きだった竜太に抱かれて、あかりは嬉しかった。

そう。——今はそうでなくても、こうして一緒にいる内、竜太は本当に私を愛してくれるようになるかもしれない……。

「——ここか」

と、林は足を止めた。

目の前の、まだ新しいビジネスホテル。

「ここで殺されたんだ、お袋が」

「そうだったのね……」

と言いながら、あかりは周囲を気にして、「ね、近くに警官がいるかもしれないわ。あんまりここでじっとしてると……」

「うん」

と肯きながら、林は動こうとしなかった。

夜になって、どこに泊るか、二人は迷っていた。

手配中の身である。ホテルは危いだろうと分っていた。といって、どこに泊れるか？

「どこかに行きましょ」

と、あかりがくり返し促していると、

「やっぱり、ここへ来たのね」

と、女の声がして、二人はびっくりして振り向く。

思いがけない顔があった。

「植田さん！」

「まあ……」

と、林が言った。

あかりは目を伏せて、「すみません、私……」

「いいのよ」

と、植田美津子は言った。「きっと、林君がここへ来るだろうと思って待っていたのよ」

「母が……」

「ええ。お気の毒だったわね」

と、美津子は言った。

「僕は自分の手で犯人に仕返ししてやります！」

と、林は言ったが、

「でも、二人とも手配中よ。二千万円を盗んだって」

「僕らじゃありません」

と、林は言った。「信じて下さい」

「ええ、分ってるわ。あなたたちのことはずっと毎日見てるんだもの。あんなことのできる人かどうか分るわ」

「植田さん……」

「二人、どこに泊るつもり？」

「困ってたんです」

と、あかりが言った。

「任せなさい」

「え?」

「私、Kホテルに部屋を取ってるの。連れが来るから、と言って、もう一部屋取るわ。二人で、そこに泊りなさい」

「いいんですか? 助かります」

と、あかりは言った。

「一部屋でいいんでしょ?」

そう訊かれて、あかりがちょっと頰を染めた。

「——行きましょう」

と、美津子は二人を促した。

先にフロントで、もう一部屋取ってルームキーを受け取った植田美津子は、エレベーターの前で、林たちと落ち合った。

「さあ、この部屋よ」

「ありがとうございます」

と、林は言った。

そのとき、林のお腹がグーッと音をたてたのである。

「あら、何も食べてないの?」

と、美津子が言った。

「レストランに入るのが怖くて」

と、あかりが言った。

「じゃ、私の部屋へいらっしゃい。ルームサービスを頼んで食べましょう」

「ありがとうございます！」

と、林が生き返ったように言った。

「相談したいことがあるの」

美津子はそう言って、「でも、ともかく何か食べてからね」

――そして、三十分後には、美津子の部屋で、やっと食事にありついた二人が、美津子の話を聞いていた。

「N市のイベント？」

と、林が言った。「それは……」

「市長の大友さん、知ってるでしょう？」

と、美津子は言った。

「ええ、もちろん。あの村の出身ですよね」

「そう。でも、今はあの村のことなんか頭にないわ。本人は国会議員になろうとして、必死よ」

「聞いています」

と、あかりが言った。

「そこに、今度の二千万円が係ってるようなの」

林とあかりは顔を見合せた。美津子は続けて、

「選挙にはお金がかかる。分るでしょ?」

「ええ。——それじゃ、あの二千万円が?」

「この目で見たわけじゃないけど、大友さんのお使いという人が、村役場へ来たの。ちょうど、二千万円が運び込まれたすぐ後だった」

と、美津子は言った。「私の全く見たことのない人だったわ。それに、わざわざ使いをよこすような用事じゃなかった」

「すると、そのお使いが?」

「間違いないと思うわ。二千万円が消えて、大騒ぎになってから、少しして私、その人のことを思い出して、捜してみたけど、見付からなかったの」

「じゃ、警察に話したんですか?」

「言えるわけないでしょ。大友さんは、あの村の誇りよ。確かな証拠もなしに、大友さんが二千万円を盗ませたなんて、とても口にできない」

「そうですね……」

と、林が肯いた。

「でもね――」

と、美津子は少し声をひそめるように、「それだけじゃないの。あなたのお母さんが殺されたのも、あの二千万円と係ってるかもしれないのよ」

林が目をみはって、

「それって……どういうことですか」

と、言った。

「あなたのお母さん――啓子さんは、とても心配してた。当然よね、あなたは大切な一人息子だもの」

「はあ……」

「もちろん、あなたが今モデルで売れっ子になってる片桐早苗さんに会うために村を出たことも心配してた。でも、二千万円のことであなたとあかりさんが手配されると、絶対にあなたがやったことじゃない、と信じていて、私にも連絡して来たのよ」

「母がですか」

「それだけじゃないの。私、そのとき、大友さんのお使いが役場に来てたことを啓子さんに話したのね。そしたら、その後、東京のホテルから、啓子さん、私に電話して来たの。そして、大友さんが二千万円を盗ませたっていう証拠を見付けたと、そう言ったのよ」

「その——その証拠って、何ですか？」

と、林が勢い込んで訊いた。

「それは残念ながら聞けなかったの。というか、私も東京へ出て来るつもりだったから、啓子さんに会って、じかに聞こうと思ったのよ」

と、美津子は言った。「でも、啓子さんは殺されてしまった……。今思えば、あのときちゃんと聞いておけば良かった」

「でも、母は証拠を持ってる、と言ったんですね？」

「ええ。そうなの。だから、もしかすると、その証拠を握られていた人が、啓子さんを殺したんじゃないかと……」

「きっとそうですよ！」

と、林は肯いた。「じゃ、大友市長が母を殺させたかも……」

「その可能性はあるわ。どこでその話を聞きつけたか分らないけど」

「じゃ——そのイベントに行けば、大友に会えるんですね？」

「もちろんよ。それがあなたに言いたかったの」

「植田さん。——ありがとうございます」

「林君……」

「そのイベントに行きます！　そして、きっと大友の口から真相を訊き出してやりますよ」

林の声は、張り切って力がこもっていた。

「私も行くわ」

と、美津子は言った。「ともかく、それまで捕まらないことよ」

「用心します」

「あかりさんはどうするの？　あなたは啓子さんが殺されたことには関係ないわけだから……」

「いいえ、私も行きます」

と、あかりは力強く肯いて言った。「竜太の行く所には、どこでも」

「味方は一人でも多い方がいいわね」

と、美津子は言った。「ともかく、今日はゆっくり休んでちょうだい。私から声をかけるから」

「ありがとう、植田さん。何から何まで」

「いいえ。啓子さんとは年齢も近かったたし、他人とは思えないの。――あなたに会えずに死ぬなんて、どんなにか悔しかったでしょうね」

美津子の言葉に、林は涙ぐんで、

「大友の奴！　――はっきりした証拠が見付からないからって、平然として国会議員を狙うだなんて、ひどい！　この手で仕返ししてやります！」

「私も力になります」

と、あかりは言った。

そして――林竜太とあかりは、美津子が取ってくれたツインルームに戻った。

「お風呂に入るわ」

と、あかりは言った。

「うん。先に入ってくれ。僕はちょっと買物に出てくる」

「まあ、何を？」

「何か武器になるものをさ。お袋を殺したのは、きっと雇われたプロだ。こっちも手ぶらじゃ……」

「でも、何を？」

「普通のナイフなら手に入るだろう。怪しまれることもない」

それを聞いて、あかりは背筋を真直ぐに伸すと、

「竜太さん、お願い。私にもナイフを買って来て」

と言った。

「あかり……」

「私だけ仲間外れにしないで。力になりたいの」

「分ったよ」

林はあかりにそっとキスすると、部屋を出て行った。

あかりは、戻って来たら、きっと彼は私を抱いてくれる、と思った。

「そうよ！　もう私たちは離れられないんだわ」

と、あかりは口に出して言うと、バスルームへと入って行った……。

10 イベント

「大友市長が？」

と、亜由美は言った。

「ええ」

と、片桐とも子は肯いて、「同じ村の出身として、ぜひ、今人気のモデル、〈早苗〉と〈トモ〉に、イベントに出席してほしいって……」

「事務所の〈モデル・レインボー〉に依頼が来たの」

と、早苗が言った。「本当は週末って、モデルの仕事が入って忙しいんだけど、事務所の社長が、『大友さんはもしかすると国会議員になるかもしれない。今の内に恩を売っといた方がいい』って」

「そう……」

いつもの〈スタジオ・セブン〉である。

とも子も早苗も、いつもと全く別人のようにメイクをして、もう何度も衣裳を替えて写真を撮っている。

カメラマンは、もちろん本条だ。

妹にいささかやきもちをやいていた早苗も、もう吹っ切れたのか、仲良くカメラにおさまっていた。

亜由美たちが〈スタジオ・セブン〉に立ち寄ったとき、ちょうど二人は休憩に入ったところだった。

「すっかり二人ともプロですね」

と、〈スタジオ・セブン〉の丸山エイナが言った。「はい、缶コーヒー」

何だか、このスタジオは缶コーヒーと縁があるようだ。

「週末、土曜日にN市のホテルに入ることになって」

と、とも子が言った。「イベントは日曜日の午後なんだそうですけど」

「クウーン……」

と、ドン・ファンが鼻にかかった甘え声を出す。

「ボクも行く、って言ってるわ」

と、亜由美が言った。「何しろ可愛い女の子に目がないから」

「じゃ、ぜひ亜由美さんも」

と、とも子は言った。

「そうね……」

しかし、亜由美は今ひとつ納得できなかった。大友はあの役者の矢田部に「身替り」を頼んでいた。

話からいって、同じイベントのことに違いないだろう。

だが、〈市制〉何十年だかのイベントに、市長が出席しないということがあるのだろうか？　当然、大友は市長として挨拶もするはずだ。

そこまで矢田部が代りをつとめることはできない。

すると、大友は何の「代役」に矢田部を使おうとしているのだろう？

「やあ、どうも、とも子がお世話に」

と、本条がやって来て、「N市に行きますか？　僕も行きますよ」

「本条さんも？」

「さっき、この子たちの事務所の社長さんから電話があってね。N市のイベントでの二人の写真を撮って来てくれと頼まれた」

「嬉しい！」

と、素直に喜んでいるのは、もちろんとも子である。

「じゃ、私も……」

と、亜由美は言った。

あの「N市の顔役」を自任する荻野って変なヤクザが、亜由美のためにホテルの部屋を取ってくれているのだ。

しかし、その代りに、あの「ドラ息子」の啓太の相手をするのはごめんである。

自分のお金で行こう、と亜由美は決めた。

そこへ——。

「あ、ここにいたんだ」

と、顔を出したのは、何と伊東美月だったのである。

「あら……。どうしてここに？」

と、亜由美が訊くと、

「お二人のこと、雑誌で見てたから」

と、美月は言った。「今度の週末にN市のイベントに出る？」

「ええ」

と、早苗が肯いて、「それが……」

「この人、私の大学の友達」

と、亜由美が急いで紹介すると、「美月、どうしてN市のことを——」

「大友さんの『彼女』だったから、私」

と、美月はアッサリと言った。

「彼女？」

「うん。あの人が東京に出て来たとき、会ってた。でも、ただの遊び。気にしないで」

「そう……」

亜由美も言葉がなかった。

「ただね、大友さん、急に私に『別れよう』とか言い出して。それはいいんだけど、何だか思い詰めたような顔してたの」

「思い詰めた?」

「私、あのできそこないの息子のせいかとも思ったんだけど、どうもそうじゃないみたい」

「ああ、あの啓太とかいう……」

「亜由美も知ってるの?」

病院で会った話をすると、美月は笑って、

「救いがたいわね。——ね、〈早苗〉さんと〈トモ〉さん、N市のイベントに出るのなら用心した方がいいわよ」

「美月、用心って、何のこと?」

「大友が、国会議員になろうとしてるの、知ってるでしょ? どうも、そのために、今度のイベントで何かかなり物騒なことをやろうとしてるみたいよ」

と、美月は言った。「とりあえず、お二人にそれだけ言っときたくて。じゃ、これで。――亜由美、大学でね」

「うん……」

さっさと行ってしまった美月に、とも子が感心したように、

「凄いですね、東京の大学生さんって」

と言った。

「みんながそうじゃないのよ！」

と、亜由美も啞然としながら、ついそう言わずにいられなかった……。

「何だ、やっぱり来たのか」

会いたくない相手にこそ会ってしまうものだ。

その日、N市の〈市制三十年〉記念式典の会場へ行った亜由美が出くわしたのは、荻野だった。

「大友啓太さんとデートするためじゃありませんよ」

と、亜由美は急いで言った。「このイベントに招かれてるんです」

「俺もだ」

と、荻野が言った。

「まさかスピーチとかしないでしょ？」

「そんなもの、みっともなくてできるか」

――よく晴れて、爽やかな日だった。

会場は、N市庁舎前の広場。

折りたたみ椅子がズラリと並んで、正面には演壇があった。市役所の職員は早くから出て来て、椅子を並べたり、マイクの調子をみたりしていた。

――亜由美の足下には、いつもの通りドン・ファンがいた。

「何か落ちつかないのよね」

と、亜由美はドン・ファンに向って言った。

「――何がだ？」

と言ったのは、もちろんドン・ファンでなく荻野だった。

「いえ、別に……。ただ何かこう……胸さわぎがするっていうか……」

「一つ、面白いことを教えてやろう」

と、荻野は言った。

「何ですか？」

「大友の息子は、俺が囲っていた女を、手ごめにした」

「――え？」

「大友は、俺の言うなりになるしかない。啓太を刑務所へ入れないようにしようと思えばな」

「そんなことが……」

と言ってから、「そんな人の相手をしろって言ったんですか？」

「お前なら、啓太をのしてただろ」

「このかよわい乙女（おとめ）に、何言うんですか！」

言いながら、自分が恥ずかしかった。

「植田さん」

林竜太とあかりは、N市の駅前の喫茶店で、植田美津子を待っていたのだ。

「——分ったわよ」

と、美津子は、二人のテーブルへやって来ると言った。「間違いない。啓子さんを殺させたのは、大友だった」

「じゃ、証拠があったんですね」

「実行した人間が、大友からお金をもらって逃亡したそうよ。その男の知り合いが、はっきり聞いたって」

「そうか……」

林は唇をかんだ。

「今日、午後二時から、大友はイベントに出席するわ」

「知ってます。市庁舎の前ですね」

「表でのイベントだから、近付くのは難しくないわ」

と、美津子は言った。「でも、林君、もしやってしまったら、あなたも刑務所に行くことになるわよ。考え直しても――」

「いえ、やります。お袋が可哀そうですよ、やらなきゃ」

林はきっぱりと言った。

あかりが、そんな林を、ちょっと心配そうに眺めていた。

「わがN市は、これからもますます発展を続けることでしょう！」

と、大友は高らかに宣言した。「私、大友佐近は、市長としてお約束いたします！　N市の明日は、必ずや今日よりも一段と輝くことでしょう！」

――まあ、何と中味のない演説。

亜由美としても、これほど内容のないスピーチは聞いたことがなかった。

居並ぶ人々も同感だったのだろう。スピーチが終っても、万雷の拍手、とはいかなかった。パラパラと、節分の豆まきみたいな拍手だった……。

亜由美は、並んだ椅子の端っこ。すぐに立って動ける席に座っていた。

周りでは、

「シラけるよな」

「本当よ。だって国会議員になりたがってるんでしょ? 誰だって知ってるわ」

と言い合っているのが聞こえた。

「では、本日の特別ゲストをご紹介しましょう!」

と、司会者が、何とか盛り上げようと声を張り上げた。「今や知らない人のない、スーパーモデルのお二人、〈早苗〉さんと〈トモ〉さんです!」

客の反応は、はっきり二つに分れた。中年以上の客は、

「何だ、それ?」

と、首をかしげ、若い客は、

「ええ? ワア、可愛い!」

「スタイルいいな、やっぱり!」

「市長が邪魔だ!」

演壇では大友が待っているところへ、〈早苗〉と〈トモ〉が、それぞれ花束を抱えて登場。大友に花束を渡した。

本条が演壇の下から写真を撮っている。

「いや、ありがとう!」

と、大友は二人と握手して——必要以上に長く握っていた——から、マイクに向い、

「実はこのお二人は、私と同郷なのです」

と、誇らしげに言った。

亜由美のそばの女性が、

「だから何だってのよ……」

と呟いて、亜由美はふき出しそうになった。

「こうして、忙しい中、駆けつけてくれました。どうもありがとう！」

大友は、早苗とともに子をハグしようとしたが——演壇のすぐ下でじっとにらんでいる妻の充江の視線に気付いて、あわててやめた。

二人が客に向って一礼すると、大友のスピーチの何倍かという拍手が起った……。

「では、続きまして、N市の名誉市民でいらっしゃる——」

ああ、とため息がそこここで洩れた。名誉市民というのは、みんな八十代、九十代の老人ばかりだったのだ。

「あれ、みんなしゃべるの？」

と、ゾッとしたような声が上る。

大友は一礼して演壇を下りた。

亜由美は、おや、と思った。大友が演壇の後ろに下りたのである。

一瞬、大友の姿は背後の幕の向うに隠れた。そして、数秒後、現われると、壇の下の椅子にかける。

「あれ……矢田部さんだ」

と、亜由美は呟いた。

後ろの幕の中で入れ替ったのだ。

しかし、誰も気付かない。——もちろん、同じ服装、同じ髪型なのだ。初めから知っている亜由美だから分るが、誰も別人だとは思うまい。

だが、一体なぜ、こんな状況で身替りを使っているのだろう?

いくら大友でも、こんな時にイベントを抜けて、女に会いに行ったりしないだろう。

「——終った」

と、とも子が、亜由美の前の席に戻って来た。「たった何十秒かの仕事ね」

「これも仕事の内よ」

と、早苗も戻って来て、「大友さんから、謝礼が出てるってよ。何十万円だか」

「え?　それって……」

「もちろん、事務所に入るのよ」

「そうか……。直接くれりゃいいのにね」

と、とも子が言った。「結婚資金、ためなきゃ」

「気が早いわね」

と、早苗が笑った。

そのとき、亜由美の足下に寝そべっていたドン・ファンがムクッと起き上って、

「ウー……」と低く唸(うな)った。

「ドン・ファン、どうしたの?」

と、亜由美が、ドン・ファンの見ている方へ目を向けると——。

椅子を並べた外側にも、何人かの市民が、立ってイベントを眺めている。その間を、一人の男がゆっくりと動いていた。

どこか不自然だ。——亜由美の豊富な経験(?)から来る直感である。

その男は、上着の下に右手を入れて、少しずつ大友の方へ——実際は矢田部だが——近付いていた。

「とも子さん」

と、亜由美は肩に手を置いて、「二人とも用心して。何か起るかもしれない」

「え?」

亜由美は、その男が上着の下から手を出して、その手に拳銃が握られているのを

見た。

「危い！」

と叫んだが、屋外でもあって、声は届かない。

ドン・ファンが飛び出して行った。

亜由美も駆け出して、

「やめて！」

と、思い切り叫んだ。

それを聞いた男がギクリとして動きを止める。ドン・ファンが男に飛びかかった。

「ワァッ！」

男が倒れながら引金を引いて、発砲した。しかし、ドン・ファンが男の腕にかみついて、男は悲鳴を上げた。

一応、会場には警備のために警官も何人かいたが、ポカンとしているばかり。

「早く隠れて！」

と、亜由美は矢田部へと言った。

「どうしたんだ？」

矢田部が面食らっている。

やっと大騒ぎになって、警官も駆けつけて来た。

矢田部が呆然として立っている。

人々が席を立って一斉に逃げ出した。椅子が引っくり返り、つまずいて転ぶ人もいた。

「とも子さん、早苗さん、離れて！」

と、亜由美が言った。

そのとき、とも子が目をみはった。

「林さん！」

林竜太が、逃げ出す人々の間を縫って、前の方へと駆けて行くのを見た。

林の手にナイフが光った。

「大友！」

林が、ナイフを構えて、「よくもお袋を——」

矢田部が、わけも分らず立ち尽くしている。

「違うのよ！」

と、亜由美は叫んだ。「その人は大友さんじゃない！」

しかし、林の耳には入らない。林が矢田部に向って行こうとしたとき——。

突然、傍から飛び出して来たのは、村松あかりだった。あかりが、林へとぶつかって行ったのである。

林は不意をつかれて、転倒した。

「何するんだ！」

と、林が怒鳴ると、あかりが、

「私がやる！　あなたは人を殺しちゃだめ！」

と、叫ぶように言って、自分のナイフを突き出した。

しかし——思いがけないことが起った。

あかりの前を遮ったのは——本条だった。手にしたカメラが、あかりの腕に当った。あかりがフラつく。

ナイフが本条の脇腹を傷つけた。血が飛び散って、それを見たとも子が悲鳴を上げた。

亜由美より早く、ドン・ファンがあかりの足にかみついていた。

「馬鹿をしないで！」

と、亜由美はあかりを押し倒した。

「あかり——」

林が立ち上って、「どうして……」

「あなたに……人を殺させたくなかった」

と、あかりが言った。

「いい加減にしなさい！」

と、亜由美は怒鳴った。「この人は大友さんじゃない！　身替りの役者さんなのよ！」

「何だって？」

林が愕然とする。「じゃ、大友は――」

「林さん、どうして？」

と、とも子が言った。

「大友が、お袋を殺させたんだ」

「そんなこと……。どうして分るの？」

「植田さんが言ったんだ」

「植田さん？」

とも子が、人々の間に紛れて逃げていく植田美津子に目をとめた。

「そんな馬鹿なこと！」

とも子は、本条のそばに膝をついて、「早く、誰か！　救急車を呼んで！」

と叫んだ。

「大丈夫だよ。大したことない」

と、本条が言った。「泣くな。死にゃしないよ」

「当り前よ！」

とも子は本条にキスした。

「どういうこと？」

亜由美が息をついた。「本物の大友はどこにいるの？」

「そういうことか」

と、声がした。

「え？」

荻野が立っていた。

「大友の奴、替え玉を殺させて、俺たちがやったことにしようとしたんだ。そうなりゃ、あの啓太のしたことをうやむやにできる」

「じゃ、あの拳銃で狙った男は、大友が雇ったの？」

「そうだろう。――こっちのナイフの二人のことは知らないがな」

「大友を問い詰めなきゃ！」

と、亜由美は言った。

すると――。

「何かあったの？」

と、やって来たのは啓太だった。

「今ごろ何しに来たの？」

と、亜由美は言った。

「イベントなんて退屈だからさ。な、付合えよ。俺の親父、もうすぐ国会議員だぜ」

「だから何だっていうのよ」

「いい思いさせてやるよ」

啓太が亜由美のお尻に触る。

「ふざけるな！」

亜由美の拳が、啓太の顎を一撃、啓太は引っくり返って気絶してしまった。

「おみごと」

と、荻野が拍手して、「晩飯をおごらせてくれ」

救急車のサイレンが聞こえて来た。

エピローグ

「植田さんが?」

林が愕然として、「植田さんがお袋を殺したんですか?」

「自供したよ」

と、殿永が言った。

「でも、どうして……」

「二千万円を盗んだのも、その人ですね」

と、亜由美は言った。

「そうです」

と、殿永は肯いて、「植田美津子は大友と関係があって、ずっと金を都合していたんです。しかし、まとまった金が必要になった大友は、例の二千万を盗ませた。そのあげく、彼女は捨てられたんです」

――東京へ戻って来ていた。

亜由美の家の居間に、林やとも子、早苗もやって来ていた。

「林啓子さんは、植田美津子がやったことだと察していたんでしょう。息子に罪をきせようとした植田美津子を告発しようとして、殺されたんです」

「それで、植田美津子は大友に仕返しするために、林さんたちを騙した。——でも、本当かどうか確かめもせずに、大友を刺そうとするなんて、馬鹿よ！」

「あかり……。申し訳ない」

と、林は頭を抱えた。

村松あかりは、本条を傷つけたので、逮捕されていた。

「本当なら、僕が捕まってたのに」

「あなたを守ろうとしたのよ。ちゃんと尽くしてあげなさい」

と、亜由美は言った。

「大友さんは市長を辞任するようですね」

と、殿永が言った。「まあ仕方ないでしょうが」

「本条さんは、傷が浅かったので、もう来月から仕事に戻るって」

と、とも子が言った。「私、やっぱり結婚するわ」

「好きにしな」

と、早苗が言った。「本条先生も若返るかもしれないわね」

そこへ、母の清美がやって来て、

「もう一人お客よ」

と言った。

「どうも……」

やって来たのは、「身替り」の矢田部だった。

「ひと言、お礼を、と思って」

と、矢田部は言った。

「映画の方は大丈夫でした？」

と、亜由美が訊いた。

「ええ。事件のおかげで話題になりまして」

と、矢田部は言った。「〈ミイラ男〉の他に、ちゃんと顔を出して、〈ミイラ男〉になる前のシーンを追加することになったんです」

「まあ、良かったですね！」

「代りに殺されることになっていたわけですが、大友さんは家内の治療についてはちゃんと責任を持つと言って下さっています」

「じゃ、奥さんの病気は……」

「ええ、少しずつですが、状態は良くなっています。大友さんのおかげです」

「大友も悪い人じゃないんですね。きっと奥さんが怖かったのね」

「しかし、二千万円を、盗まれたお金と知っていて使ったので、ただではすみませんよ」

と、殿永が言った。

「さあ……。いつまでも、仕事休んでられないわ」

と、早苗は言った。「本条先生は休みでも、カメラマンは大勢いるのよ」

「そうね」

と、とも子は肯いて言った。「私も、あの〈スタジオ・セブン〉の缶コーヒーに大分慣れたわ」

早苗ととも子が仕事用のバッグを肩に玄関へ出て行くと、ドン・ファンが待っていた。

「あんたも、缶コーヒーが飲みたいの?」

と亜由美が訊くと、ドン・ファンは、

「ワン!」

と、しっかり答えたのだった。

花嫁たちのメロドラマ

プロローグ

すでに、降り続く雨は合計で六百ミリを超えていた。

今、雨そのものは、小降りになっていたが、雨を降らせた前線とは別に、台風がやって来ようとしていた。

すでに十月に入って、季節外れの台風は、気まぐれなコースを辿っていた。千鳥足の酔っ払いよろしく、右へ左へ迷走しながら、結局この小さな地方都市を直撃しようとしていたのである。

バスを降りると、細かい雨が顔に叩きつけて来て、前田文香は思わず目をつぶってしまった。

「避難した方がいいよ！」

バスの運転手が怒鳴った。「バスも、もう走れなくなるからね！」

前田文香は、声をかけてくれた運転手を見上げて、

「ありがとう！」

と、大声で言った。「母がいるんです！」

「前田さんだろ？」

「え？　どうして知ってるんですか？」

「ずっと乗せてたよ、あんたを」

そう言われて、文香はその年輩の運転手の顔に見憶えがあることに気付いた。

「本当だ！」

「急ぐんだよ！　この先の川は溢れそうだ！」

「はい！　ありがとう！」

傘などさしていられない。文香はレインコートの前をギュッと合せて、雨の中を駆け出した。

――小学生のころから、あの運転手さんのバスに乗ってたんだ。

心配して声をかけてくれたのが嬉しかった。

今、前田文香は二十一歳。東京の大学に通っている。

この町へ帰って来るのは、年にせいぜい二、三度。夏休みも年末年始も、大学のクラブやバイトで忙しい。

今年は特に夏休みに一日も帰って来られなかった。一人暮しの母、前田麻美が寂しがっているのは分っていたが、大学生活は多忙だった……。

――文香は風に逆らって急いだが、走っているつもりが、ノロノロと歩いているようだった。

「川が溢れそう」

と、運転手さんは言ってたけど……。

文香の家は川べりに建っている。しかし、大学のために家を出るまでの十八年、あの川が、そこまで水かさの増えたのを見たことはなかった。

時折、風に押されてフラつきそうになりながら、文香は自宅へと角を曲った。そして、一瞬立ちすくんだ。

「うそでしょ……」

目の前の橋を渡った向うが我が家だ。しかし――橋の下、ぎりぎりまで川が増水していた。それも、泥水が恐ろしいほどの勢いでしぶきを上げ、渦を巻いて橋にぶつかっている。

「こんな……。まさか……」

早く家に行って、母を連れ出さなくては、と頭で分っていても、足がすくんで動けないのだった。

でも……急がなきゃ。

そのとき、車のクラクションがすぐ後ろで鳴って、文香はびっくりして飛び上りそうになった。

振り返ると、ワゴン車が停(とま)っていて、運転席から、

「何してるんだ！」

と、若い男が精一杯怒鳴っていた。「早く避難しろ！」

文香は雨を手の甲で拭って、

「――悠ちゃん？」

と言っていた。

相手は面食らったように文香を見ていたが、

「お前――文香か？」

久保田悠。一つ年上の幼なじみで、よく一緒に駆け回って遊んだものだ。

しかし、悠は親の酒店を継ぐので、大学へは行かず、この町に残っていた。

「何してる！」

と、久保田悠は窓を下ろして、「早く逃げないと、危いぞ！」

「母がいるの！」

「お母さんが？　まだ家に？」

悠はもちろん、文香の家を知っている。車の向きを変えると、

「早く乗れ！」

と言った。「お母さんを乗せてく」

「ありがとう！」

文香はワゴン車の助手席に乗った。

車はあの橋を渡って、文香の家へとカーブした。

「凄(すご)い流れね」

「橋も危い。――早くお母さんを」

車が停ると、文香は家の玄関へと走った。戸をガラッと開けて、

「お母さん！」

と、大声で呼ぶ。

「まあ、文香」

母、麻美が出て来る。「びしょ濡(ぬ)れよ。早く上んなさい」

「何言ってんの！　そこの川が溢れそうになってるのよ。早く逃げないと！」

「え？　でも、まさか……」

「早く早く！　悠ちゃんが車で待っててくれてるの！」

「そんなこと言ったって……」

「命が大切でしょ！」

オロオロする母に、レインコートを着せ、ともかく家から連れ出した。

「乗って！」

と、悠が促す。

後ろのスライドドアを開けて、文香は母と一緒に乗り込んだ。

「高台の公民館にみんな避難してる」

と、悠は言った。「そこまで行って下ろすよ」

車は、川を後ろに、上りの道を辿って行った。

公民館の前に車をつけると、入口に立っていた役場の人間が、

「中へ入って！　避難してる人が沢山いますよ」

と、文香たちを促した。

「悠ちゃん、ありがとう」

麻美を先に入れて、文香は、
と、声をかけた。

「いや、でも会って良かった」

「うん。またね！」

「あの橋で会おう」

と言って、悠は笑った。

子供のころ、あの橋の上で、よく待ち合せて遊びに行ったのだった。

「じゃ、店に戻るから」

「うん。ありがとう、気を付けて！」

車がUターンして走り去るのを、文香は手を振って見送った。

広い会議室には町の人たち数十人が避難して来ていた。

「何も持たないで出て来ちゃったの、うちぐらいね」

と、麻美は呑気（のんき）に見回している。

「タオル、借りて来る。毛布もあったよ」

文香は入口の方へ戻って、積み上げてあった毛布とタオルを手に取った。

「こんなこと初めてだな」

と、役場の人が言い合っている。

お母さんを迎えに行って良かった！

一人暮しで、仕事もしていてしっかり者の母なのだが、根っから呑気なところがある。

「お母さん、これ」

と、毛布とタオルを渡して、「お茶、いる？」

「そうね。もらっとけば？　今は飲まないけど……」

「分った」

文香はもう一度入口の方へと戻った。

いつも「何とかなるわよ」でやって来た麻美。だから、父のいない家庭でも、明るさを失わずにいられた。

「すみません」

と、文香は役場の人に声をかけて、「お茶一本いただいても？」

「ああ、その段ボールから持って行って」

「はい」

ペットボトルを一本取ると、その場で栓を開けて、ひと口飲んだ。

そのとき、カッパを着た男性が外から駆け込んで来て、

「おい、大変だ！」

と、上ずった声で言った。「この下の橋が流された！」

「え？」

思わず文香も声を上げた。この下の橋とは、家のそばのあの橋に違いない。

「それだけじゃない。車がちょうど橋を渡ろうとしてた。一緒に流されちまった！」

車？　車が？

「あの――その車って、どんな車ですか？」

訊く声が震えていた。

「あれは久保田酒店のワゴン車だ。流れに呑まれるとき、チラッと車体の文字が見えたよ」

文香は真青になって、ペットボトルを取り落とした。――ああ！　まさか！

ほとんど無意識に、外へ駆け出していた。

「おい！　危いぞ！」

という声は、風と雨にかき消された。

夢中で坂道を駆け下りる。

顔に当る雨の痛さも感じなかった。

そして――足を止めた。

数十メートル先に、砕けた橋の一部が見えた。

橋だけではない。――文香と母の家が、地面もろとも泥の流れへと崩れ落ちていくのが見えた。

「悠ちゃん……」

私たちのために……。私たちを乗せてくれたばっかりに、あの流れに呑み込まれてしまった。

「ごめん！」

と、文香は叫んだ。「悠ちゃん！」

風雨が一段と強くなった。

文香はよろけながら、公民館へと、重い足を引きずって戻って行った……。

1　失ったもの

「大変だったのね」

と、亜由美は言った。

「うん……」

大変、などという言葉では、とても足りないだろう。

大学近くのカフェで、塚川亜由美は前田文香とハンバーガーを食べていた。

「文香、一向に出て来ないから、どうしたのかな、と思ってた」

と、亜由美は言った。

「家も流されちゃったし……。母と二人、何も持たずに出て来ちゃったから」

と、文香は言った。

――あの台風から半月が過ぎていた。

「で、今はどうしてるの？」

と、亜由美は訊いた。

「私のアパートに、母も一緒。狭いけど仕方ないわ」

「お母さん、看護師さんだっけ」

「うん。——こっちで働き口を捜してるの」

「そうか」

「たぶん……見付かるでしょ。向うで知ってたお医者さんとか、何人かいるらしいし」

「ベテランなんだよね、お母さん」

「でも、着のみ着のままだからね。出て来ても、あれこれ大変で」

「分るよ」

「でも……」

文香は息をついて、「私たちのせいで、幼なじみの悠ちゃんが……」

「それは辛かったね」

亜由美は淡々と言った。同情したところで、文香の気持はとても想像がつかない。

文香が半月も大学を休んでいたので、心配はしていたが、まさかそんなこととは……。

「——ワゴン車は、何キロも先で、見付かったの」

と、文香は言った。「知らせを聞いたのはあの台風から四日もたってた。——駆けつけたかった。でも、母が避難所で具合悪くなって入院しちゃったの」

「そう。でも——」

「うん。家を失くしたショックだと思う。入院は三日間ですんだけど。ワゴン車が見付かった所へ、それから駆けつけたんだけど、ともかく途中の道が、あちこち土砂崩れで通れなくて、延々と遠回りしたりで……」

文香はその疲れが今でも残っているかのように息をついた。「やっと辿り着いたのは、川が流木や壊れてバラバラになった家でせき止められた所だった。車はぺちゃんこになって……。というか、車の形をとどめてなかった。潰れて、ドアもタイヤもどこかへ行っちゃって」

「それで……悠ちゃんって人は?」

「見付からなかった」

と、文香は首を振って、「車の中に、悠ちゃんのはおってたレインコートがちぎれてハンドルに引っかかってたけど」

「つまり……流された、ってことね」

「あの凄い勢いの流れだもの。たぶん、海まで流されただろうって言われた」

「そんなに?」

「先は広い川になるんだけど、台風のときは増水して大変だったの。海へ流されて、ずっと沖で家が浮いてたりしたのよ」

「凄いものね、自然の力って」

「私もね……死体が見付かってないわけだから、悠ちゃんが生きてるんじゃないか、って……。一度はそう思ったけど、あの現場を見るとね。とても生きてられる状態じゃない、って分った」

「お気の毒ね。でも、大学に戻ったんだから、気を取り直して」

「ありがとう。——たぶん、悠ちゃんが私のせいで死んだってことは、ずっと忘れられないと思うけど」

今は何を言っても、文香を慰めるわけにはいかないだろう。亜由美は、

「何か手伝えること、ある？　アパートの方も大変でしょ」

と言った。

「ありがとう」

文香はやっと微笑(ほほえ)んで、「何もかも失くしちゃったわけだから……。ともかく、母が一人増えるんで、部屋を片付けなきゃいけないし。今は二人で寝るのが大変。ベッド一つしかないでしょ」

「文香が寝てるの？」

「そうもいかないから、やっぱり母にベッドで寝てって言ったんだけど、母は家でずっと布団だったしね。今は私がベッドで、母はすぐ脇にマットレス敷いて寝てる。——今度の週末に、布団買ったりして、何とか生活していけるようにしようと

思ってる」

「手伝いに行くよ、良かったら。役に立たないドン・ファン連れて」

「わあ、本当？　ドン・ファン、会いたいな！」

前に、文香が亜由美の家に遊びに来たとき、ドン・ファンの歓迎（？）を受けて大喜びしていたのを憶えていたのである。

「じゃ、土曜日に？　――OK、アパートの場所は憶えてる」

もしかしたら、今文香を慰められるのはドン・ファンかもしれない、と亜由美は思った。


今ごろだったら、たぶんこの辺に……。

長年の勘というものだった。

初めて来た病院だが、総合病院の場合、大体どこも同じような造りである。

スタッフが集まるようなカフェが地階にあった。――前田麻美は、その入口に立って、そっと中を見渡した。

いるとしたら、たぶんあの奥まった辺り……。

中へ入って、その方向へ歩いて行くと、入口の方に背を向けた白衣の医師が、「ウーン」と伸びをしている。

あれだわ。前田麻美は思わず微笑んでいた。

前へ回って顔を見るまでもなく、すぐ後ろに立って、

「庄司先生」

と、声をかけた。

「うん……。今、休んでるんだよ。もう少ししたら行く」

と、振り向きもせずに言った。

「お久しぶりです」

という言葉に、

「え？」

初めて振り返ると、「――何だ！　麻美ちゃんじゃないか」

と、目を丸くする。

「お分りいただけて良かったわ。どこの年寄が来たかと思われたら……」

「何言ってるんだ！　座れよ」

と、隣の椅子を引いて、「びっくりしたな！」

「突然すみません」

と、麻美は腰をかけて、「お忙しいところにお邪魔して」

「そんなこと――。何か飲む？　持ってくるよ。コーヒー？　ここ、チーズケーキ

が意外といけるんだ。食べてみてくれ」

庄司医師は、麻美の返事も聞かずにパッと立って行くと、セルフサービスのトレイにチーズケーキとコーヒーをのせて、すぐ戻って来た。

「まあ、すみません」

相変らず、気配りの人だわ、と思った。

今五十歳になる麻美より二つ年下の四十八歳のはずだ。——庄司安久（やすひさ）はかつて同じ病院で働いていた外科医である。

「ちっとも変らないね。ひと目で分るよ」

「まあ。もう五十ですよ」

「五十？　そうか。——そうだな、僕が四十八だもの」

「先生もお変りなくて」

「この白くなった髪、分るだろ？　苦労が多くてね」

と、昔ながらのちょっと皮肉めいた笑顔。

「お忙しいでしょうから……。お願いがあって」

「僕に？」

「この間の台風で、家が丸ごと流されてしまったんです。今、東京の大学に行ってる娘のアパートに。——こちらの病院で働かせていただけないでしょうか」

「すぐに看護師としては難しければ、清掃でも何でもいたします」

庄司は少しポカンとして麻美を眺めていたが、

「ここで？」

「娘さんって──文香ちゃん、だっけ」

「そうです。よく憶えていて下さって」

「もう大学生？　早いなあ」

と、庄司は首を振って、「向うの病院は……」

「病院もやられました。辛うじて患者さんを避難させたんですけど、くたびれて帰宅して眠っていたら、今度は自分の家が。命からがら逃げ出しました」

「大変だったんだな」

「すぐに働かないと。食べていかなくてはなりませんから」

「よく思い出してくれたね、僕のことを」

「散々お世話になりましたし」

「何言ってるんだ。世話になったのは僕の方だよ。青二才だったころから、君は誰より頼りになる存在だった」

と、庄司は言った。「仕事？　山ほどあるぜ。ぜひ外科へ来てくれよ。何か言う前に、察して先にやってしまう子なんか、今はいないよ」

「じゃ、使っていただけますか？」

「当り前だ。手続きに二、三日かかるだろうが」

「助かります。ありがとうございます」

と、麻美はホッとして、「じゃ、ご連絡をお待ちしていればよろしいですか？」

「ああ。ともかく今からすぐに院長に話してくるよ」

何でもせっかちな医師だった。——麻美は庄司が少しも変っていないのを見て、つい微笑んだ。

「そうだ。それが一番手っ取り早い」

庄司は、麻美を院長の所へ連れて行くと言った。「院長のＯＫが出れば、明日からでも来られるよ」

「ありがとうございます。でも、院長先生はお忙しいでしょうし」

「なに、僕ならいつでも会ってくれるよ。何しろ女房の父親だからね」

「まあ、そうでしたか」

カフェを出て、エレベーターに向いながら、「結婚して七年かな。こっちはもう四十を過ぎてた。素子（もとこ）は二十八だったよ」

「それはおめでとうございます。存じませんで」

「別に院長の娘を狙ったわけじゃない。岡田（おかだ）さんが院長になったのは、三年前だ」

と、庄司が言った。「一度、遊びに来てくれよ。素子に会ってほしい。それと……庄司正和（まさかず）ともね」

五歳の男の子だと話す庄司は、照れていた。その庄司は、麻美が以前には見たことのない姿だった。

エレベーターが来て扉が開く。

ちょっと小太りな印象の白衣の男が、エレベーターから入れ違いに降りて、庄司に会釈して行った。

エレベーターが上り始めると、

「庄司先生」

と、麻美は言った。「今、エレベーターから降りた方は……」

「ああ、外科の黒崎（くろさき）だ。専門が違うがね」

と、庄司は言って、「知ってるのかい、黒崎のこと」

「いえ……。以前、働いていた病院で、似た先生とお会いしたことが……」

と、麻美は言って、「庄司先生、もし院長先生が了解して下さったら、看護師長さんにも会わせて下さい。ご挨拶しておきたいので」

――あれは本当に「黒崎」なのだろうか。

一見して、麻美はハッとしたのだ。

あれはあまりに似ていた。あのときの医師に。——原口医師。他人の空似か？

でも……。

「さ、ここだ」

庄司は〈院長室〉のドアの前で足を止めた。

2　消失

「ステーキ用のお肉をちょうだい」

と、早紀は言った。

「珍しいね、昨日もお肉買ってったろ？」

と、肉屋の奥さんは言った。「百グラム？　二百？」

「三百にして」

と、早紀は言った。

「あら、そうなの。「先週から、甥っ子が遊びに来ててね。よく食べるの」

「ええ。そう長いことじゃないから」

支払いをして、早紀は商店街を歩いて行った。

この海辺の小さな町は、まだスーパーやコンビニがなく、個人の店が並んでいる。

にぎやかな辺りから少し離れて、早紀は海岸通りを辿って行った。

ポツンと離れて建っている一戸建ての古い家。

死んだ父が、唯一早紀に遺したものだ。

山並早紀は、玄関の戸をガラッと開けて、

「ただいま」

と、声をかけた。

返事があるだろうか？　フッと不安になる。

「――お帰りなさい」

少し間があって、声がした。

ホッとして、

「夕飯の仕度をするわね」

と、奥の部屋を覗いた。

彼は、窓の所に腰をかけて、海を眺めていた。

「お腹空いたでしょ」

と、早紀は台所に行って、冷蔵庫に肉をしまうと、「今日も遅くなると思うから、先に寝ていてね」

「うん……」

――波の音が聞こえてくる。

いつもは、こんな風に穏やかな海だ。それがあのときは……。

ものすごい雨と風。――台風が通過していった朝、茶色く濁った波が海岸に打ち寄せていた。

山並早紀は窓を開けて、

「よく壊れなかったもんだわ」

と呟いた。

この古ぼけた木造の家は、風でミシミシとしなり、雨があちこちで洩れて来て、今にも吹き飛ばされるか、流されるかと思えた。

しかし——辛うじて頑張り抜いたのである。

窓から見渡せる砂浜には、まだいつもよりは大きな波が打ち寄せて、どこから流れて来たのか、根こそぎ抜けた木や、家の破片が打ち上げられていた。

あれを片付けるのも大変ね、と思って、早紀は窓を閉めようとした。

そのとき——朝の光が浜辺に射して、それが目に入った。

「え？　まさか……」

人間？　人が倒れてる？

早紀は、自分でも分らない内に、家を飛び出して、海岸へと駆けつけていた。

そこには、どこから流れて来たのか、泥にまみれた若い男が倒れていたのだ。

死んでる？　もちろんだ。あんな嵐の中で生きているはずがない。

だがそのとき、その男は、

「ウーン……」

と唸(うな)って、身をよじるように動いたのだった……。

「さあ、ご飯にしよう」

と、早紀は言った。

夕飯には少し早い。——それはそうなのだが、早紀は暗くなる前に、店に出なければならない。

そして、店を閉めて帰ってくるのは、真夜中になる。それから夕飯というわけにはいかないのだ。

もっとも、一人で暮しているときは、いちいち夕飯など作らなかった。店に出る途中で何かつまんだり、手軽に食べて、それですませた。後は店で飲むビールや酒で、充分だった。

しかし、彼が一緒にいるようになって、そうはいかなくなった。

早紀は自分でも、人のために料理をしていることにびっくりしていた。

「——いただきます」

見たところ、二十二、三にしか見えないこの若者は、確かにその年代にふさわしい食欲を発揮した。

しかし、奇跡と言うべきだろう。あんな状態で海岸に打ち上げられて、大きなけがをしていなかったのは。

早紀が苦労して、この家に連れ帰り、風呂に入れた。そして、布団に横たえると、若者は丸二日間、眠っていた。

目を覚ましたとき、若者は自分がどこの誰なのか、名前も家も、何も思い出せなかったのである。

「――ごちそうさま」

きれいに平らげた皿だけが並ぶ。

「洗わなくていいのよ。私が帰ってから洗うから」

と言うのだが、夜中に帰ってくると、食器はきれいに洗って、水切りカゴに並んでいる。

「じゃあ……。仕事に行ってくるわ」

と、早紀は立ち上って言った。

「はい」

彼は、スッと立って、玄関からサンダルをはいて外へ出て行く。

早紀が着替える間、表にいるのだ。

化粧をして、派手なドレスを着る。――酔っ払いには、こういう格好が受けるのだ。

それに――もう早紀は若くない。

この若者を甥と言ってもおかしくない年齢なのだ。

濃い化粧と衣裳でごまかさなければ、男たちは寄って来ない……。

仕度をして、玄関を出ると、彼は少し先の道の外れに立って、海を眺めていた。

「それじゃ……」

と、早紀が声をかけると、彼は、

「行ってらっしゃい」

と、ていねいに言って、小さく手を振った。

――早紀は、いつもの道を辿りながら、胸がときめくのを感じていた。

「いやだわ、若い娘じゃあるまいし……」

と、思わず呟いていた。

でも、「行ってらっしゃい」と言われることがあろうとは……。

そんな日が来るとは、思ってもみなかったのである。

「行ってらっしゃい、か……。なかなかいいもんね」

分っている。いつか、彼も記憶が戻る。そして、自分の住いへ帰って行くだろう。

いつまでも早紀の所にとどまっている人間ではないのだ。それを忘れてはならない。

しかし、同時に早紀は、もし彼がこのまま何も思い出さなかったら、と考えていた。

いや、そのときは、ちゃんと警察に届けなければ。家族から、〈捜索願〉が出ているかもしれない。

いずれにしろ、新聞やTVでニュースになって、彼の写真が出れば、知っている誰かが申し出てくるだろう。

妻が？　――まだ若いとは思うが、少年というわけではない。結婚しているとしても、おかしくないのだ。

いつ、届ければいいだろう？

とりあえず、彼が健康を取り戻すまでは、と思っていた。でも、もうすっかり元気だ。

これ以上、彼を置いておくわけにいかない。

でも――まだあと一日か二日なら。

そう。四、五日か一週間ぐらいしたら、彼も何か思い出しているかもしれない。

それまでは、家にいたって構わないんだわ。

そうよね？

自分にそう問いかけて、早紀は店へ向う足取りを速めた。

あまり見慣れない車が、少し離れた道端に停っていた。――早紀は大して気にもとめずに、店へと急いだ。

一方、その車からは、一人の男性が降りて来て、早紀の後ろ姿を、しばらく見送っていた。

結局、神田聡子も、亜由美から、

「どうせ暇なんでしょ」

と言われて、前田母娘の生活が順調にスタートするよう、手伝いに来ていた。

いくら片付けるのが苦手とはいえ、亜由美と聡子、そしてドン・ファン（全く片付けの役には立たない）と、三人も手伝いに来てくれると、大いにはかどるのは当然である。

「――本当に皆さんのおかげで」

と、母親の前田麻美が紅茶など出してくれる。

「もう就職先が決った」

と、文香は母親が〈R大病院〉に看護師として採用されたことを告げた。

「さすがはベテラン看護師！」

と、亜由美は言った。

「昔知っていたお医者さんが、〈R大病院〉にいたからよ」

と、麻美は少し照れたように言った。

ドン・ファンがスタスタと文香のそばに寄って横になる。

一息ついてお茶にしながら、亜由美は、文香が打ちひしがれた状態から、少しずつ立ち直って行くだろう、とホッとした。

「文香」

と、聡子が言った。「流された家は仕方ないけど、土地はどうなるの？」

「さあ……。ともかく、土地も失くなっちゃったから……」

「もう戻れないわね」

と、麻美が言った。「仕方ない。第二の人生を、ここで始めるしかないでしょ」

「いくら狭くてもね」

「お母さんのお給料が決れば、もう少し広いアパートに移れるかもしれないわよ」

と、麻美は言った。

「まず、ここで落ちつこうよ」

と、文香はすかさず言って、ドン・ファンが「賛成」と言うように、

「クゥーン……」

と、声を上げた。

こんなに簡単に……。

まさか、という思いが、今も消えない。

息子の悠が、車ごと流されてしまった、あの憎い台風から半月余り……。

今度は妻の百合子が、寝込んだと思うとアッサリ死んでしまった。

ついこの間まで、〈久保田酒店〉で、にぎやかに暮していた三人家族。――久保田忠士と、妻の百合子、息子の悠。

それがアッという間に、たった一人になってしまった。

「色々大変だったね」

と、近所の知り合いたちは言ってくれるが、どんなに大変なことだったか、他人に分るものか！

久保田忠士は、一人家の中に残っていた。

目の前には、お骨になった百合子がいる。

悠の方は、どこへ流されたのか、見当もつかなかった。

悠は遺骨すらない。

「悠……。百合子……」

と呟いて、久保田忠士は、「俺一人残して、どうして死んじまったんだ」

どうして？

いや、理由は分っている。

悠が車ごと流されたのは、たまたま出会った前田母娘を送って行ったからだ。

そして、百合子が死んだのは、突然息子を失ったからだ。

ということは……。

二人の死は、あの前田母娘のせいなのだ。

「――そうか」

と、忠士は呟いた。

今、忠士には生きる目的ができた。

「いや……しかし……」

前田母娘のことは、もちろんよく知っていた。あの母親は、看護師をしながら、女手一つで娘を育てた、立派な女性だ。

それは分っている。――悠も、あの娘、文香といったか、仲が良く、この家にもよく遊びに来ていたものだ。

嵐の中、そんな母娘を見かけたら、悠でなくても助けただろう。

だが……。

久保田忠士は、誰もいない家の中を、そっと見回した。

俺をひとりぼっちにした。あの前田母娘が。

それは事実なのだ。

悠は車ごと押し流され、泥の水の中で死んだ。どんなに苦しかっただろう。

そして、百合子は息子を失った悲しみを、表に出さずに耐えていた。だが——アッという間に……。

そうだ。百合子も悠も、前田母娘のせいで死んだ。ある意味で、前田母娘に殺されたのである。

それなら、やるべきことがはっきりしている。——復讐だ。

あの母娘に、罪を償わせてやる。

久保田忠士は、その夜、久しぶりに酒を飲んだ。

そして、写真の中の、妻と息子に、上機嫌で話しかけた……。

3　記憶

もう明け方近かった。

山並早紀は、疲れてぐっすり眠っていたが、店でつまんだ酒のさかなが塩辛かったせいか、ひどく喉が渇いて、目が覚めてしまった。

「ああ……」

と、息をついて、暗い中、台所で水を飲んだ。

そして布団に戻ろうとして――彼の布団が空なのに気付いた。

手洗いも明りが点いていない。――心配になって玄関へ出て、明りを点けると、サンダルがない。そして、玄関の引き戸が少し開いていた。

出て行ってしまったのか？

早紀は寝衣の上にコートをはおると、自分のサンダルをはいて、表に出た。

うっすらと明るくなっている。しかし、どこへ行ったのか……。

まさか、海へ入って……。

そんな心配をする理由はなかったが、ともかく海の方へと足を向けた。

白々と明けて来る砂浜に、じっと海を見つめて立っている彼の姿があった。

早紀は急いで駆け寄ると、

「どうしたの？」

と、声をかけた。

彼は振り向かなかった。

「――風邪ひくわ。海の風は寒いでしょ」

と、早紀はそっと彼の肩に手をかけた。

「どこから……」

と、彼は言った。

「え？」

「どこから来たんだろう、と思って。僕」

「そうね……。でも、いずれ思い出すわよ。焦らないで。ね？　――私も力になるから」

彼は振り返って、

「ごめんなさい。心配させて」

と言った。

「そんなこといいのよ」

ホッとして、早紀は彼の腕を取ると、「さあ、戻りましょう」

彼は素直について来た。

「──大丈夫？　お風呂、沸かしましょうか？」

と、玄関を入って言った。

「シャワー、浴びようかな。少し熱めの」

「そして、すぐ寝るのよ」

と、早紀は言った。

「うん」

シャワーといっても、お風呂に後から取り付けたので、あまり勢いよく出ない。

早紀は彼に申し訳ないという気持だった。

お湯の温度も、「熱い」というほど上らない。──早紀は気になって、お風呂場の戸の前に行くと、

「シャワーじゃ、充分あったまらないでしょ？　お湯をためて入ったらいいわ」

と、声をかけた。

「いいよ。もったいない」

ガス代がかかると心配しているのだ。

確かに、彼がいると、食費だけでなく、ガス代、電気代がかかる。もともと、大して稼ぎのない早紀としてはやりくりが大変だが、今は彼がいてくれることに、何

よりの慰めを見出していた。

そのためなら、少々のお金ぐらい……。

多少の貯金はある。それを少しずつ下ろしていけば、何か月かは大丈夫。

いや――何か月も、彼はここにはいないだろう。そうなんだ。

風呂場の戸がガラッと開いて、早紀はあわてて目をそらした。

「早いのね」

「お湯が出ない」

「え？　じゃ――冷たい水で？」

早紀はバスタオルで、あわてて彼の体を拭いた。

「もう……。困ったわね。ごめんなさい！　今日、すぐ修理に来させるから」

彼は怒る風でもなく微笑んだ。早紀は、

「早く布団に入って。風邪ひかなきゃいいけど……」

と、彼を六畳間へ連れて行った。

「じゃあ……。おやすみなさい」

明るくなってくるころだったが、早紀はそう言って、彼に布団をかけてやった。

そして、自分も布団に潜り込む。

早紀も手足が冷たかった。背を丸めて、小さくなって寝れば……。

じっと目をつぶって布団をほとんど頭までかぶっていると――。

不意に、早紀の布団に、彼が入って来た。

「どうしたの？」

と、びっくりして起き上がると、

「二人とも体が冷えてるでしょ。一緒に寝ればあったまるよ」

「でも――狭いわよ」

「僕はいいよ」

「そんな……」

早紀は、彼の腕の中にいた。――それははっきり、男が女を抱いている力強さだった。

でも――私はこんな年齢なのに。

口にしなかった。彼だって分っているのだ。それでいて、早紀を抱こうとしている。

早紀はもう何十年も忘れていた、男の重みを体で受け止めていた。

そして、もう寒さも感じなくなって、思い切り彼を抱きしめた……。

「前田さん」

と呼ばれて、前田麻美は、

「はい！」

と振り返った。

いけない、と思わず首をすぼめる。もともと、麻美は声が大きい。

夜勤のとき、電話などでしゃべっていると、

「うるさくて目が覚めた」

と、入院患者に文句を言われたこともある。

それでも、つい「はい！」という声に力が入ってしまうのは、仕事に就くことができた嬉しさのせいもあっただろう。

「ご苦労さま」

と、笑顔で言ってくれたのは、この〈R大病院〉の看護師長、船川真子（ふなかわまさこ）である。

「すみません、私、声が大きくて」

「そんなこと構わないわ」

と、船川真子は言った。「それより、庄司先生からも聞いてるわ。あなたのようなベテランに入ってもらって助かる」

「そんな……。お手伝いできればありがたいです」

「手術室の仕事をお願いしたいの。今、そっちの人手が足りなくてね」

「分りました」

――〈R大病院〉へ来て三日めである。

一日たてば、麻美の実力のほどは誰にも知られていた。

「午後に庄司先生の手術があるわ。お願いできる？」

「もちろんです」

と、麻美は言った。「最新の機材があって、使い方を憶えないと」

そこへ、病室から出て来たのは、黒崎医師だった。

「黒崎先生」

と、船川真子が言った。「来週の予定、出して下さいね」

「ああ、ごめん。今日、帰りまでに出す」

「よろしく」

黒崎が行ってしまうと、

「師長さん」

と、麻美は言った。「あの黒崎先生ですけど……」

「何か？」

「いえ……。よそでちょっと知っていた先生とよく似ておられるので。でもお名前が――」

「ああ、あの先生、婿養子に入ったのよ」

と、真子は言った。「奥さんはR大の先生でね。一人っ子だったんで、名前を残したいって言って」

「そうですか」

「元は原口っていったと思うわ。この病院にみえたときは、もう黒崎だったけど」

と、真子は言った。「知ってたの?」

麻美は少し間を置いて、

「いえ、私の思い違いだったみたいです」

と答えた。

「じゃ、昼休みが終ったら打合せを」

「分りました」

麻美は、船川真子と別れて、今担当している病棟へと急いだ。いつの間にか、足取りは速くなっている。何かから逃げようとしているかのように。

——原口。

やはりそうか。もちろんもう二十年近くも前のことであり、外見も大分太って、変ってはいるが、それでも麻美は一目見て、原口だと思った。

でも、そう分ったからといって、どうすることもできない。——麻美はただ、原口が、いや、黒崎が自分のことを憶えているだろうか、とそれだけが気になっていた。

「前田さん？」

と、明るい女の子の声がした。「文香さんでしょ」

大学の学食で、お昼の定食を食べていた前田文香は、塚川亜由美とのおしゃべりを中断して、振り向いた。

トレイを持った小柄な女の子が立っていた。

「あ……」

「会田(あいだ)です！　会田秀美(ひでみ)」

「本当だ！」

文香は立ち上って、「びっくりした！　この大学に？」

「はい。今年入りました」

「そうか。一年生だね」

と、文香は言って、亜由美の方へ、「私の高校の後輩なの。一家で東京へ来たんだよね？」

「ええ。父が何とか仕事順調で」

「一緒に食べましょうよ」

と、亜由美は言った。

「ありがとうございます！」

元気一杯という感じの女の子である。

文香が亜由美と、同席している神田聡子を紹介して、食事を続けた。

「――やっと大学に慣れたところです」

と、会田秀美は言った。「夏休みまでは夢中で」

「新入生は忙しいものね」

と、亜由美は言った。「サークルとか、入ったの？」

「まだです。どこがいいのか、少し様子を見ようと思って」

「急ぐことないわよ」

と、文香が言った。「下手（へた）すると、勉強なんかしていられなくなるようなサークルもあるからね」

「ええ。私、できれば歴史研究で大学院に行きたいんで」

「そう。秀美ちゃん、もともと勉強家だったものね」

と、文香は言った。「私も、この辺のおいしいケーキ屋さんぐらいなら、教えてあげられるわよ」

「ぜひ！　でも、あんまり太っても」

と、秀美は笑った。

にぎやかに食事を終えると、

「――秀美ちゃん、あの町のこと……」

と、文香が言った。

「大変でしたね。ついこの間、用事があって行ったんですけど、前田さんの家がなくなってて、びっくりしました」

「そうなのよ……。色々あって……」

と、文香は首を振って、「聞いてるでしょ？」

「あの……久保田さんのことですか」

「ええ。私と母のこと、避難所に送ってくれたばかりに……」

「文香、もうそんな風に考えるの、やめなよ」

と、亜由美は言った。「台風のせいなんだから。文香のせいじゃない」

「そうですよ」

と、秀美は肯いて、「運が悪かったんですよね」

「分ってはいるんだけど……」

「久保田さんのお宅に行って、お線香あげて来ました」

「そう。私は……。ご両親に合わせる顔がなくて」

秀美が、ちょっと文香を見つめて、

「聞いてないんですか？」

と言った。

「何を？」

「久保田さんの所、お母さんも亡くなったんです」

「え？」

文香が愕然とした。

大学を出て、亜由美たちは、

「ちょっとお茶しよう」

というわけで、聡子、文香と三人、よく立ち寄るパーラーに入った。

「お二階にどうぞ」

一階が混んでいたので、ウエイトレスが言ってくれて、三人は狭い階段を上った。

「その辺でいいね」

二階は空いていたが、外を見下ろす窓際のテーブルは埋っていた。三人は階段に近いテーブルにした。

――温いカフェ・オ・レを飲みながら、

「ひどいことになっちゃった……」

と、文香がため息をついた。

「そうね……。息子さん亡くして、気落ちしたんでしょうね」

「ええ。悠ちゃん、お母さんっ子だったもの」

と、文香は肯いて、「私が殺したようなもんだわ」

「文香――」

「分ってる。こんな風に考えるのはいけないわよね。分ってるけど……そう考えちゃう」

「気持、分るよ」

と、聡子が言った。「私だって、文香の立場なら、そう思う」

「ありがとう、聡子」

と、文香は微笑んだ。「でも――一度、ちゃんと久保田さんに会ってお詫びしないと」

「少し時間を置いてからの方がいいよ」

と、亜由美が言った。「今はあちらも冷静じゃいられないだろうし」

「そうね。――大学あるし、母も病院の仕事がいきなり忙しくなったらしいから、すぐには無理だけど」

「それでいいのよ。──またドン・ファンに会いに来て。文香のこと、お気に入りみたいだから」

「嬉しいわ」

と、文香は微笑んだ。

そのとき──。一階で何か怒鳴る声がした。そして、バン、と弾ける音。

「銃声だ」

と、亜由美はすぐに気付いた。

悲鳴が聞こえた。亜由美が立ち上ると、

「助けてくれ！」

という声がして、二階へ駆け上って来たのは、背広姿の男だった。

「殺される！」

「亜由美──」

「聡子、テーブルの下に！　文香も、早く！」

何しろこういう事態には慣れている亜由美だ。

駆け上って来た男は、床に倒れた。左の腕から血が出ている。

そして──続いて階段を上って来たのは、ジーンズ姿の女性だった。手にしているのは、小型だが本物の拳銃だ。

「逃がさないわよ！」

と叫ぶと、銃口を倒れている男へと向ける。

とっさに、亜由美はテーブルの上の水のグラスをつかむと、その女性に向けて投げつけた。

それが女性の肩に当って、びっくりしたように亜由美を見る。

「いけません！」

と、亜由美は叫ぶように言った。「撃たないで！」

髪は乱れているが、色白な顔立ちは美しかった。亜由美へ向けた目は、なぜか怒っていなかった。

引金を引く余裕はあったが、少し間があって、その女性は銃口を下ろすと、

「騒がせたわね」

と、ひと言、足早に階段を下りて行った。

「──亜由美」

と、文香はテーブルの下から這い出て、「話には聞いてたけど、あなた、本当に度胸いいのね！」

「他に取り柄がなくてね」

と、亜由美は言った。「救急車、呼んでもらわないと」

4 小心なキング

「いつもながら——」

と言いかけた殿永部長刑事を遮って、

「それ以上言わないで！」

と、亜由美はにらんだ。「好きで物騒なことしてるわけじゃない！」

「もちろん、分ってますがね」

と、殿永が笑った。

——亜由美の家の居間である。

当然、この場の登場人物として欠かせないのは、亜由美の母、塚川清美と、ダックスフントのドン・ファンである。

「本当にねえ」

と、殿永にコーヒーを出しながら、清美が言った。「殺人事件に出会うくらいの確率で、いい男性と出会ってくれるといいんですけどね」

「お母さんの娘だからね」

と、亜由美は言い返した。

「ワン」

と、ドン・ファンは面白がっている。

「それで」

と、亜由美はコーヒーを飲みながら、「あの男の人、けがはどの程度だったんですか」

「いや、弾丸がかすっただけで、大したことはありません」

殿永の言い方がいやに軽いので、亜由美はちょっと当惑して、

「でも――銃で撃たれたんですよ」

と言った。「あの女の人、逮捕されたんですか？」

「いえ、逮捕していません」

「どうして？」

「撃たれた方が、『あれは撃たれたんじゃなくて、銃が暴発しただけだ』と言ってましてね」

亜由美は唖然(あぜん)として、

「だって、大勢見てたでしょ？　大体、あの男、『助けてくれ！』って二階へ……。『殺される！』とも叫んでたんですよ」

「分ってますが、何しろ撃たれた当人が、そう言っていて」

「それって——何か事情があるんですね？」

「そうなんです」

　と、殿永はコーヒーを飲んで、「いや、清美さんのいれて下さるコーヒーは実においしい」

「心がこもってますもの」

　と、清美は当然という顔で言った。「亜由美じゃこうは行きません」

「娘をこき下ろすの、やめてくれる？」

　と、亜由美は母をにらんだ。

「あの男は熊田竜助（くまだりゅうすけ）といいます」

　と、殿永は言った。「あまり大きくないのですが、一応暴力団の〈白クマ組〉の組長の息子なんです」

「〈白クマ組〉？」

「〈クマ〉はカタカナで」

「何だか迫力のない名ですね」

「どういうわけでああなったのかは知りませんが。父親はもう亡くなっていて、今は母親の熊田ミツが組長をつとめています。その息子が熊田竜助です」

「では、撃たれたのは他の組との争いか何かで？」

「いえ、そうじゃないのです」

と、殿永が首を振って、「撃った女も分っています。八代淳子といって、熊田竜助の妹です」

「え？」

「竜助が確か三十二、三ですから、淳子はたぶん二十七、八でしょう」

「でも――」

「淳子は親の仕事を嫌って、ともかく熊田の姓を変えたいというので、十八のときに、ろくに知らない八代という男と結婚したんです」

「へえ……」

「すぐ別れたんですが、そのまま八代を名のっています」

「変な人ですね」

と、亜由美は言った。「でも、どうしてお兄さんを撃ったんですか？」

「噂では、淳子の親しい友達に竜助が手を出したらしいですね。竜助は独身ですが、プレイボーイ気取りで、女ぐせが悪いので有名なんです」

「ろくでもないことで有名なんですね」

「妹に内緒で付合っていたのですが、ばれて淳子が怒って……」

「でも拳銃で撃ちますか？」

「その辺が、淳子も組長の娘ですよ」

と、殿永が言った。「銃の不法所持で逮捕することはできますが、もう銃はどこかへ捨ててしまったでしょう」

「でも、放っといていいんですか？」

「まあ、差し当りは――」

と言いかけたとき、玄関のチャイムが鳴った。

「誰かしら？」

と、珍しく（？）清美が立って行く。

玄関の方から、

「こちらに塚川亜由美さんはいらっしゃるでしょうか」

と、少し甲高い女性の声が聞こえて来た。

「誰だろ」

亜由美が立って玄関へと出て行くと、ドン・ファンだけでなく、殿永もそれについて行った。

「亜由美、こちらの方が……」

「塚川亜由美ですが」

来客は白髪の老婦人だった。もちろん、亜由美には全く見憶えがない。

「まあ、あなたが！　この度は、息子の命を救って下さって、ありがとうございました」

「は……」

息子の命……。では、この人は——。

「やあ、ミツさん」

と言ったのは、何と殿永だった。

「まあ！　殿永さんじゃないの」

と、その女性は目を丸くして、「どうしてあなたがこの家に？　——もしかして、婿養子にでも？」

「違いますよ」

と、殿永は笑って、「このお嬢さんとは色々ご縁がありましてね」

「ともかくお上り下さいな」

と、清美が言った。「話はすぐには終りそうもないですからね」

「ワン！」

と、ドン・ファンが吠えた。

「これは私どもの近所の店の〈どら焼〉です。おいしいと評判で」

と、熊田ミツは風呂敷を開けて、菓子の箱をテーブルに置いた。

「まあ、ごていねいに」

と、清美は言った。「息子さんのおけがの方は……」

「大したことありませんの。でも、あの子はとても感じやすい子なので、さぞ大騒ぎをしたことでしょう」

「ミツさん」

と、殿永は言った。「事情は話してありますよ」

「まあ、そうなの？〈白クマ組〉の恥をさらすようで恐縮です。——でも、亜由美さんは、娘の淳子が二発目を撃つのを止めて下さった。息子の恩人というだけでなく、娘の恩人でもありますわ」

ピンと背筋の伸びた熊田ミツは、髪こそ真白だが、活力に溢れた感じだった。

「殿永さん」

と、亜由美は言った。「こちらとどういうお知り合い？」

「いや、まだ刑事になって間もないころに、ちょっとした事件で……」

「殿永さんはいい人です」

と、ミツは言った。「うちと争ってた組の組長が撃たれて負傷したことがあって、うちの若い者が疑われたんです。ベテランの刑事さんたちは頭からうちがやらせたと思い込んで、家へ入って来て家中引っくり返したり……。でも、殿永さんだけは、他に犯人がいると言ってくれて——。結局、撃ったのはその組長が手を切ろうとしてた女だったんです。殿永さんには恩義を感じてるんですよ」

「当然でしょう。証拠もなしに、犯人と決めつけるのは間違いだ」

と、殿永は言った。「しかし、ミツさん、竜助君も女ぐせの悪いのを何とかしないと。その内、殺されますよ」

「そのことなんですよ」

と、ミツは言った。「竜助を助けて下さった、このお嬢さんの度胸に惚れ込んだの！　亜由美さん」

「はあ」

「ぜひ、うちの嫁になって下さいな！」

「え？」

亜由美は仰天した。

「竜助も、嫁をもらえば女遊びしなくなるでしょうし、こんなしっかりした娘さんがついててくれれば、竜助も次の組長をつとめられると思うし……」

「ちょっと待って下さい！」

と、亜由美は言った。「私、そんなつもり全くありませんから！」

「あなたなら大丈夫。それに、映画みたいに、ピストルぶっ放したりすることはありませんから、安心して下さいな」

「別にそういう心配をしてるわけでは……」

「一度、ぜひ竜助と食事を。けがが治ったら連絡させますので」

「いえ、私には付合っている男性が――」

「別れていただけば済むことでしょ」

と、ミツはあっさり言って、「では、これからよろしく〈白クマ組〉とお付合のほどを」

と、さっさと帰って行った。

「――冗談じゃないわ」

と、亜由美は啞然として、「殿永さん、面白がってないで下さいよ!」

「いや、何しろせっかちなんですよ、あのミツって人は」

「いくら何でも――」

「任せて下さい。私の方で、ちゃんと断りますよ」

「お願いしますよ。――あんなの、助けるんじゃなかった」

「ワン」

「何よ!」

と、亜由美が、かみつきそうな顔でにらんだ。

「まあ、ともかく〈どら焼〉をいただいたってことで」

と、清美が菓子箱を開ける。「あら……」

確かに、〈どら焼〉は入っていたが、その下には、何と一万円札の札束が敷きつめてあったのである……。

「まるで時代劇だね」

と、文香が笑いながら言った。「よくあるじゃない。菓子折に小判が敷きつめてあったりして」

「そうそう！」

と、聡子が言った。「商人が悪代官に賄賂を持ってくのね」

「じゃ、私は悪代官？」

と、亜由美は言った。

「でも、亜由美、あの組長さんの息子とデートするの？」

と、聡子が訊いた。

「いやよ、あんなの。でも、ともかく、あの札束を返さないと」

「もったいない！　もらっとけば？」

「とんでもない！」

三人は、モダンな作りのカフェで軽くサンドイッチの昼食をとっていた。

一種のインテリアなのか、いくつもＴＶのモニターが並んでいて、音声は消して、色々な画面が映っている。

「あ、お魚、おいしそう」

と、聡子が画面の一つを見て言った。

どこかの港町の朝市の風景らしい。いかにも活きの良さそうな魚が並んでいる。

「でも、魚の料理って苦手だな」

と、聡子は言った。「切身でないと」

「都会人間だね」

と、亜由美は笑って言った。

文香は何となくその画面を見ていたが――。

水のグラスが足下に落ちて割れた。

「文香、どうしたの？」

と、亜由美は言った。

文香は自分の足下にグラスが落ちたことにも気付かない様子で、呆然とＴＶ画面を見つめている。

「文香……」

「まさか……」

と、文香は呟いた。

「どうしたっていうの?」

亜由美に訊かれて、文香は、

「今、あの画面に……」

「どうかした?」

「一瞬映った。お魚買ってる男の人」

「それが何か——」

「悠ちゃん、悠ちゃんだった」

「え?」

「久保田悠ちゃんだった。——あの横顔」

「その人って……車ごと流された人じゃないの?」

「うん。でも——そっくりだった!」

文香は、もう全く別の場面に変っているそのTVを、じっと見つめていた。

5 水面下で

ホテルのロビーを見回したが、それらしい姿は見当らない。

亜由美はケータイを取り出して、熊田ミツへ電話した。

「もしもし、塚川ですが――」

「まあ、亜由美さん！　わざわざどうも」

ミツの方はすっかり亜由美と親しい気でいる。

「あの、今どちらに？　お約束の通り、ロビーに来たんですが」

「あら、ごめんなさい！」

「は？」

「私、上のロビーって申し上げなかったかしら」

「上の？」

「最上階に、エグゼクティブ用のフロアがありましてね。そこのロビーのつもりだったんです。お手数ですが、エレベーターで一番上のフロアへおいでいただける？お待ちしています」

「あの――」

切れてしまった。「全く、もう!」

亜由美は仕方なくエレベーターへと向った。

熊田ミツに会って、どら焼の箱に入っていた現金を返すことになっているのである。

札束で五百万円!──神田聡子は、

「拾ったってことで一割もらったら?」

などと言っていたが、冗談じゃない!

しかし、五百万という現金を、手さげ袋に入れて歩くのは、やはり落ちつかない。

「聡子も連れて来れば良かった……」

と、つい呟いていた。

エレベーターの扉が開くと、目の前に熊田ミツが立っていた。

「まあ、よく来て下さって! さあ、どうぞ」

「あの、私、これをお返ししたら、すぐに──」

「ともかく中へ、ね? すぐそこですから」

せかされて、廊下の奥へ行くと、〈会員制〉というプレートの付いたドア。

中へ入ると、静かな高級レストランで、亜由美は個室へ案内された。

「──どうぞ中へ」

と、ミツが促す。

ドアが開いて——テーブルには、あの〈ドラ息子〉の熊田竜助が座っていた。

「竜助、亜由美さんによくお礼を申し上げなさい。今ごろは重傷で入院してたのよ」

「どうも……。ありがとうございました」

竜助は、おずおずと礼を言った。

「じゃ、お料理を出していただきますから」

と、ミツが言った。

「待って下さい！」

亜由美はあわてて、「私、食事するなんて聞いてません！」

「まあ、そんなこと。わざわざお金を返しに来て下さったのに、何もせずにお帰しするわけにはいきませんわ」

と、ミツは少しも動じず、「ここのシェフとは古いお付合で、今日は特別に腕をふるってくれることになってますの。さ、食事ぐらい、どうってことないでしょ」

結局、亜由美は席につくことになってしまった。文句を言うより早く、オードヴルの皿が出て来る。

「こうして毎日三人で食事できたら楽しいですわね！」

と、ミツも加わって、「そうそう。このホテルのスイートルームを取ってありますから、食事の後にひと休みでも――」

「結構です！」

と、亜由美は一段と大声を出した。

今日ばかりは、客に来てほしくなかった。

それなら店を閉めて、〈臨時休業〉の札でもさげておけばいいのに、そうもできない自分が、早紀は情なかった。

そう。商売は止めるわけにいかない。

しかし、今日このバーに来た客はツイてない。早紀の、いつもの気配りを期待できないからだ。

まあ、もう一人の、若いホステスを目当てに来る客は気にしないかもしれないが。

「早紀さん。どうかしたんですか？」

その若いホステス、ルミが言った。

「どうもしないけど。どうして？」

「何だかボンヤリしてません？」

「そうかしら。ちょっと寝不足のせいよ」

「私も！　でも、ここで寝るわけにもね」

と、ルミの方が大欠伸(おおあくび)している。

ルミはこの小さな町へフラッとやって来たヒッチハイカーだった。

たまたま「一文なし」になったとき、このバーの前を通った。

そして、バーへ入ってくると、

「雇って下さい！」

と、床に座り込んで頼んだのである。

正直、このバー〈サキ〉は早紀一人でやっていけたのだが、何といっても早紀も五十になっていた。

長距離トラックのドライバーなどが寄ってくれたとき、新顔がいても悪くないか、とルミを雇うことにした。

ルミはこの店の奥の小さな部屋に寝泊りしている。ほとんど給料などもらっていないが、食費を早紀が渡しているので、満足しているようだ。

「いらっしゃい」

顔なじみの客で、ルミと話が合う。早紀は飲物だけ出して、ルミに任せることにした。

そして——思い出に浸った。

あの子との、夢のようなひとときの思い出に……。

どうしてあんなことになったのだろう?

親子ほど年齢の違う男の子と……。

しかし、今の早紀にとって、「世間の常識」や「人の目」など、どうでもよかった。

若々しい腕に抱かれ、体ごと溶けていくような、あの感覚。ずっとずっと遠い昔に感じたのと、似通ってはいても、全く違う新鮮で、みずみずしい快感だった……。

——失いたくない。

早紀はそう思っていた。彼が、自分のことをすべて思い出して、帰る日が来る。——そう考えただけで、胸がしめつけられるように痛む。

もう、彼を手放したくない！

ルミの所に来た客は、二杯だけ飲んで、三十分ほどで出て行った。

「また来てね」

と、表まで出て見送ったルミは、戻って来ると、「ね、早紀さん……」

「どうしたの？」

「外に何だか変な人が立ってるの」

「変な人？」

「うん、ずっとこっちを見てる。——気味悪いわ」
「あんたのファンじゃないの？」
「いやだ。見たことない。この町の人じゃないと思う」
「分ったわ。見て来ましょ」
「気を付けてね」

ルミは本気で心配している。

早紀はバー〈サキ〉を出た。

なるほど、少し先の道端に車が停っていて、それにもたれて、コートをはおった男が立って、こっちを見ている様子だ。

しかし、何しろ暗いので、どんな男かさっぱり分らない。

早紀はごく当り前の足取りで、真直(まっす)ぐにその男の方へと歩いて行った。

「——何かご用？」

と、声をかけたが……。

男は、目深にかぶっていたソフト帽を指先で持ち上げた。バーから洩れてくるかすかな明りに、男の顔が浮んだ。

「あんた……」

早紀が息を呑(の)んだ。

「やあ」

と、男が言った。「捜したぜ」

「——いつ、出て来たの」

と、早紀は訊いた。

「三か月くらい前だ」

「そう……」

早紀は大きく息をつくと、「でも、もう私たちは夫婦じゃないのよ」

「分ってるとも。だが——出て来てみると、誰も俺に会いたがらねえ」

と、男は言って、笑った。「当り前かな。人を殺して刑務所へ入ってた男と会いたいなんて、思わないよな」

「あんた……」

「いや、分ってる。お前に何かしてもらおうと思ったわけじゃねえ。ただ、どこでどうしてるのか……。気になってな。お前の親父(おやじ)さんがこの辺にいたって聞いてたのを、思い出したんだ」

「お願いよ。私はあのバーをやって、細々と暮してる。私に構わないで」

と、早紀は言った。「以前の仲間はどうしてるの？」

「どこへ行ったか、ほとんど知れねえよ」

と、男は肩をすくめた。「刑務所で知り合った男の口ききで、何とか仕事にはありついたがな」

「良かったじゃないの」

「車で、この辺に営業に来てな」

嘘だ、と早紀は思った。二十年も前の記憶がよみがえってくる。

この男が嘘をつくとき、早紀には分るのだ。十年近く、一緒に夫婦として暮したのだから。

「お前、男と暮してるのか」

と訊かれて、早紀は青ざめた。

「どうしてそんなこと……」

「お前の家を眺めてたんだ。えらく若そうな奴じゃねえか」

「ちょっと——事情があって、面倒みてるのよ。息子みたいな年齢だわ。何も特別なことなんかないのよ」

早口になっている自分に気付いていた。つい、むきになってしまう。

それは「何か特別なことがある」と白状しているようなものだ。

早紀のかつての夫——衣笠克次は皮肉っぽく笑って、

「どうかな。今のお前は、いやに生ぐさいぜ」

と言った。

「大きなお世話よ」

と、早紀は言い返した。「私たちに構わないで。いいわね」

『私たち』か。——亭主にしちゃ若過ぎねえか？」

早紀は口をつぐんだ。何か言えば言うほど、衣笠を面白がらせるだろう。

「ま、いいさ。お前は独り者だ」

と、衣笠は肩をすくめて、「好きに暮しゃいい。——邪魔したな」

衣笠は大分古びた車に乗ると、窓から、

「達者でな」

と、声をかけ、車をスタートさせた。

早紀はその車のテールランプが見えなくなるまで見送っていた。

「あの人……このままじゃ……」

衣笠のことは分っている。執念深い男なのだ。

これで姿を消すとは、とても思えない。

「おい！　何してんだ？」

という声に、ハッと我に返った。

いつもの客が手を振っている。

早紀は笑顔を作って、バーへと戻って行った。

「いらっしゃい!」


「お帰りなさい」

と、文香は言った。

「あら、まだ起きてたの?」

と、母、麻美が玄関で靴を脱いで、「もう遅いわよ。明日、起きられる?」

「大丈夫よ」

と、文香は立ち上って、「夕飯、どうする?」

「ああ……。簡単に食べたけど。あんたは?」

「ピラフ、作った。冷凍のだけど。お母さんの分、取ってあるよ」

「じゃ、いただこうかしら。——いいのよ、そんなに気をつかわなくても」

「でも、大変でしょ、新しい病院で」

「仕事はそうでもないけど……。やっぱり東京の病院ね。何でも電子化してて、さっぱりついて行けないわ」

と、麻美は笑った。

「お風呂、先に入る?」

「そうね。音がうるさいと、ご近所がね」

「じゃ、すぐ追い焚きするから。十分もすれば大丈夫よ」

「ありがとう」

麻美はウーンと腰を伸して、

——しかし、文香は母が看護師の仕事に就いて、「若い子たちと一緒なので、応えるわ」と言いながらも、見違えるように活き活きとして来たのに気付いていた。


早くも夜勤もあったが、却って張り切っているようだった。

狭い部屋でも、眠りが深いのか、麻美はもうあまり気にならないようだ。

そんな母の様子に、文香は安堵していたが……。

母が風呂から出ると、電子レンジでピラフを温めて、

「はい、どうぞ」

「ありがとう。——お茶はペットボトルのが残ってる」

麻美は早速食べ始めた。

「ね、お母さん……」

「うん？　——どうしたの？」

文香は少し間を置いて、

「何でもない。気にしないで」

「変な子ね。親子で遠慮することないでしょ。恋人でもできた?」

「それに近いかな」

「じゃ、その内紹介して」

——文香は、母に言うべきかどうか、迷っていた。

久保田悠の母親が亡くなったこと。そしてTVで、悠とそっくりの男の子を見たこと……。

それはあまりに対照的なことだった。

それに、あれが本当に悠だったのかどうか……。

もし、悠だとしたら、家や両親に連絡しないはずがない。——そう、他人の空似だったのだろう。

でも、あまりに似ていた。

文香は、ただ顔立ちが似ていると思っただけでなく、その若者が、魚を売っている女性と何か言葉を交わしている表情を見て、

「悠ちゃんだ!」

と思ったのである。

あんなに似ているということが……。それに、悠の死体は見付かっていない。

文香は、悠の父親に、あのTVのことを知らせようかと思った。でも、もし文香

の思い違いだったら……。

——文香が何に悩んでいるのか、麻美も気にならないわけではなかった。しかし、今の麻美には、他に心配することが多過ぎた。

仕事について、だけではない。

あの黒崎医師——かつて、麻美が勤めていた病院では原口医師だった——のことである。

まだ若い外科医だった原口は、酒に酔って手術をして、患者を死なせていた。患者の家族の訴えに、病院は原口を辞めさせ、お金で話をつけ、刑事事件になるのをまぬがれたのだ。

その手術に加わっていたのが、麻美だった。——もちろん、麻美も若かった。原口が、いや今の黒崎が麻美のことを憶えているかどうか……。

病院で会えば、普通に挨拶もする。しかし、どことなく、向うも麻美と二人になるのを避けているように感じられるのだ。

気のせいだろうか。——麻美は、「もう昔のことなんだ」と自分に言い聞かせていた……。

あそこにいるのだな。

――窓のカーテンの隙間から洩れる明りを、久保田忠士はじっと見つめていた。

百合子と悠を奪った母娘が、あそこで楽しく、ぬくぬくと暮しているのだ。

「許さないぞ……」

と、久保田は呟いた。「お前たちだけが幸せでいられると思うなよ」

久保田には、充分に時間があった。

今は、店もたたんでしまっている。妻の納骨も終った。

悠の遺骨がないのは残念だが……。

「百合子、待ってろよ」

と、久保田は、亡き妻へ呼びかけた。

「俺も、やるべきことをやったら、お前と一緒に墓へ入るからな。――もう少し待っててくれ……」

久保田はちょっと肩を揺すって、夜道を歩いて行った。

6　訪　問

「塚川亜由美さん。――塚川亜由美さん。至急事務室までおいで下さい」

そのアナウンスは、学食でランチを食べ始めたばかりだった亜由美にも、間違いなく聞こえていた。

「――亜由美」

一緒に食べていた神田聡子が言った。「今、あんたのこと、呼んでたよ」

「聞こえなかった」

と、亜由美は食べ続けている。

「聞こえたでしょ！」

「よく似た名前じゃない？　私、呼び出される覚えない」

「いくら何でも……」

「昼を食べてるところを呼び出すなんて、非常識だ！」

要するに、ランチをちゃんと食べたいのである。しかし、

「重ねてお呼び出しします。塚川亜由美さん……」

くり返されては、亜由美も諦めないわけにいかなかった。

「仕方ない。行くか」

「大体食べちゃってるじゃない」

「そんなことない！　一割は残ってる」

「早く行きなよ。トレイは私が」

「よろしく」

亜由美は、足早に学食を出て、「何なのよ、一体……」

と、ブツブツ言いながら、事務室へ向った。

窓口で、

「塚川ですが」

と、声をかけると、

「ああ。あちらの方が急ぎのご用ですって」

と、指した方へ目をやると――。

「あの……どなたですか？」

と、亜由美はその女性に言った。

「その節はどうも」

上品なスーツ姿の女性の笑顔に、「はて、どこかで」と思った亜由美、

「――あ！　あのときの……」

「どうも、兄がお世話になって」

熊田竜助を撃った、妹。――あの女だ。

「八代淳子よ。よろしく」

「お母様から聞いてます。でも――私に何のご用ですか？」

「だって、うちの嫁になるそうだから、きちんとご挨拶しとかないと」

亜由美は目をむいて、

「なりません！　絶対に！」

大声に、周りの学生たちがびっくりしている。

「そう？　でも、母がさっさと式場の予約とかしてるそうよ」

「勝手にどうぞ。私、お断りしてます」

と、亜由美は腕組みして、「お話はそれだけですか？」

「そうじゃないの。あなたに忠告しに来たのよ」

「何のことですか？」

「用心した方がいい、ってこと。あなた、狙われるかもしれないわよ」

「私が？　どうして？」

「ともかく――」

と言ったとき、バン、と乾いた音がして、事務室の窓が砕けた。

え？　何？

亜由美がキョトンとしていると、

「危い！　伏せて！」

と、八代淳子が亜由美を抱きかかえるようにして、床へ伏せた。

たて続けに、バン、バンと音がして、他の窓ガラスや掲示板に穴が開いた。

「撃たれてるのよ！」

と、淳子が言った。「じっとして！」

どうなってるの？

車のタイヤがきしむ音。車が一台、猛スピードで正門へと走り去った。

「――もう大丈夫」

と、淳子は立ち上って、「こういうことがあるかも、って言いに来たの」

「――何なんですか？　どうして私が――」

亜由美は立ち上ると、「狙われる覚えなんかありません！」

「気持ちは分るけど……」

と、淳子は気の毒そうに、「狙ってる方には、それなりのわけがあるのよ」

亜由美は、事務室の割れた窓ガラスを見て、「私が弁償しなきゃいけないのかしら？」と心配していた……。

「災難でしたね」

と言った殿永に、亜由美は、

「それどころじゃないです！」

と、かみつきそうに、「何とかして下さいよ！　刑事でしょ！」

「私に怒らないで下さい」

「じゃ、誰に怒れば？」

——大学内での発砲事件である。ＴＶ局なども駆けつけて大騒ぎだ。

「まあ、落ちついて」

とりあえず学食に避難した亜由美たちだった。

「どういうことなんですか！　説明して下さい！」

と、淳子に向って言った。

「私には母親の違う弟がいるの」

と、淳子は言った。「父は認知してなかったけど、息子は父親のことを知って、勝手に〈熊田武士〉と名のってる」

「その弟がどうして——」

「兄の竜助を殺して、〈白クマ組〉をのっとろうとしてるのよ」

「は？」

「で、今は自分で〈黒クマ組〉を作って、戦いを挑もうとしてるわけ」

亜由美は唖然として、

「そのせいで私を？」

「竜助の嫁ってことで、もうあなたは〈白クマ組〉の幹部とみなされてるわけ。だから、用心してね、って……」

「冗談じゃないですよ！」

「うん。冗談じゃないの。本当のことよ」

と、淳子は言った。「母に言って、ボディガード、付けてもらったら？」

「あの……私……」

あまりに腹が立って、亜由美は言葉が出て来なかった……。

前田麻美は、午前中の手術に立ち会って、二時を過ぎて、やっと昼食をとることができた。

トレイに、和食系のおかずとご飯をのせて、テーブルに運ぶと、すぐ食べ始めた。のんびり休んではいられない。午後も手術が控えている。

あんまり急いで食べると体に悪い。――分っていても、昼食に十五分以上はかけられないのである。

すると――同じテーブルに、黒崎医師がやって来た。

少し離れた席について、ランチを食べ始める。そして、麻美の方へ、

「前田さん」

と言った。

「はい、何か？」

「午後の手術、よろしく」

そうだった。――午後は黒崎の手術につくのだ。

「こちらこそ」

と、麻美は会釈して、「まだ慣れないもので」

「そんなことないでしょ。ベテランじゃないですか」

「いえ、そんな……」

少し間があった。麻美は食べるスピードを上げて、早く席を立とうとした。

そこへ、

「麻美さん」

と、明るい声がして、若い看護師の一人、マユがやって来た。「お隣、いいですか」

いいとも言われない内に、さっさとトレイを置いて、

「いただきます！」

と、ひと言。

猛スピードで食べ始めた。麻美は呆れて、

「ちゃんとかんで食べなさい」

と、つい母親みたいなことを言ってしまった。

「私、早食い、慣れてるんで」

と、北山マユは言った。「兄弟が五人もいて、早く食べないと、ほとんどお腹に入らないんですよ」

今、二十七、八だろう。マユは快活で明るい子だった。

そして、どういうわけか、麻美がここへ来た日から、やたらとついて歩いて、麻美の「ファンです」などと面と向って言うのである。

そのストレートな明るさには、苦笑するしかなかった。

「麻美さん、私の理想です」

と、だしぬけにマユが言い出した。「私も麻美さんみたいな看護師になりたい」

「ちょっと……。こんな所で、やめてよ」

「だって、本当のことですもん」

マユはそう言って、「ね、黒崎先生もそう思うでしょ?」

と、いきなり話を振った。

黒崎は淡々と食事しながら、

「もちろん思うさ」

と言った。

「ね? そうですよね!」

と、マユは嬉しそうだ。

「前田さんとは古い付合でね」

と、黒崎が言った。

「え? 黒崎先生、麻美さんのこと――」

「もちろん憶えてる。もうずいぶん前にいた病院で、一緒に働いてた」

「そうなんですか!」

「若いころから、ずば抜けて優秀な人だったよ」

「やっぱり!」

憶えていたのだ、と麻美は思った。

「――じゃ、お先に」

と、麻美は食べ終ると、席を立った。

「私も一緒に」

マユが、何と同時に食べ終えていた。「トレイ、私が」

「いいわよ。こういうことは自分で」

と、麻美は言った。

トレイを戻して、二人は食堂を出たが――。

麻美は足を止めた。

「――どうしたんですか？」

と、マユが訊く。

「いえ……。ちょっと知ってる人と似た人が……」

でも、まさか。

今、エレベーターの扉が閉るのが見えて、その一瞬、中に知っている顔を見たような気がしたのだ。

まさか、こんな所に、久保田さんが来るわけないわよね。

「さ、行きましょ」

と、麻美は促した。

「午後も手術ですか？」

「そう。――黒崎先生のね」

麻美はつい「原口先生」と言いそうになった……。

「久保田さんが？」

前田文香は、食事の手を止めて、母の顔を見た。

「いえ、きっと、よく似た人だったんでしょうけどね」

と、麻美は首を振って、「久保田さんが、〈R大病院〉にやって来るはず、ないものね」

「うん……。そうだね」

「もう一杯食べる？　おしんこがあるでしょ」

「ああ……。じゃ、半分くらい。お茶漬するわ」

「もっと食べないと。若いんだから」

麻美はご飯をよそって、「はい」

「ありがと。――ね、お母さん」

「うん？」

「その人が久保田さんかどうかはともかく……。話しといた方がいいわね」

「何のこと？」

「久保田さんの奥さん、亡くなったの」

「え……」

麻美もさすがにしばらく何も言えなかった。

「——私のせいだよね。あのとき、悠ちゃんに頼んで送ってもらわなかったら……」

「文香。——気持は分るけど、仕方のないことよ。あんなことになるなんて、誰にも分らなかった」

麻美は、仕事の中で、人の死や、事故を見て来ている。文香のように引きずっていられないのだ。

「そうだね」

文香はお茶をかけて、「——でもね、もう一つ」

「何なの？」

「TVで見たんだ。魚を買ってるところ」

「誰が？」

「——悠ちゃんが」

「何ですって？」

と、麻美が訊き返したとき、文香のケータイが鳴った。

「誰だろ？　——もしもし」

少し間があって、

「あんたたちを呼びに来たよ」

と、男の声が言った。

「え？　何のことですか」

この声……。もしかして――。

「久保田さんですか？　もしもし？」

「悠と女房に代って、あんたたちを連れて行く。憶えときな」

「あの、それって……」

「いいや、あの世へな。悠も喜ぶさ、あんたに会えれば」

「待って下さい。私、ＴＶで見たんです！　悠ちゃんとそっくりの人がＴＶに映ってたんです！　もしかしたら、悠ちゃん、生きてるかもしれません」

向うはしばらく黙っていた。文香は、

「もしもし？　久保田さん……」

「人を苦しめて嬉しいのか！」

久保田は怒りに声を震わせていた。「俺を笑いものにするんだな！」

「違います！　本当のことなんです。私、確かに――」

「覚悟してろ！　二人とも、うんと苦しんで死ねばいいんだ！」

切れた。――文香は呆然として、

「どうしよう……」

と呟いた。

7　ガード

曇って、風は真冬のように冷たかった。

キャンパスを行く学生たちも足早である。

しかし——亜由美は学食で昼食をとり、そのまま座っていた。

「——亜由美、もう行こうよ」

と、聡子が促した。「午後の授業が始まるよ」

「一人で行って」

と、亜由美は投げやりな口調で、「後でノート、見せて」

「そんな……。ずっとここにいるつもり?」

「どうしろって言うの?」

と、亜由美は訊き返した。「あんなのをゾロゾロ引き連れて教室に行くの?」

学食の奥の方に、どう見ても学生ではない男たちが三人、座っていた。

一応、スーツらしいものは着ているが、どう見ても、まともではない。

あの〈白クマ組〉の熊田ミツが寄こした、亜由美のボディガードなのである。

確かに、大学内で発砲事件があったわけだが、だからといって……。

「でも、ずっとサボってるわけにもいかないでしょ」

と、聡子は言った。

「そうね……」

亜由美が立ち上ると、あの三人もすかさず立ち上る。

「全く、もう……」

亜由美と〈白クマ組〉の話は、アッという間に大学中に広まって、

「そばにいると巻き添えを食って危い」

ということになり、他の子が亜由美に寄りつかなくなった……。

学食を出ると、前田文香が立っていた。

「どうしたの？」

「亜由美、ちょっと相談があるの」

文香の思いつめた表情に、

「分った。聡子、やっぱり私、サボる」

というわけで、亜由美はボディガードを引き連れて、大学の講義棟の中の〈休憩室〉に行くことになった。

「――彼の父親が？」

文香の話を聞いて、亜由美は唖然とした。

「恨まれても仕方ないとは思うけど……」

と、文香は、自動販売機で買った缶コーヒーを飲みながら、「でも、お母さんまで……」

「心配ね。――もう、きっと理屈じゃないのね、そのお父さん。ともかく、息子が文香たちのせいで死んだってことしか頭にない」

「それに、TVで見た悠ちゃんとそっくりの人の話をしたのがいけなかったの」

と、文香が首を振って、「私が、命が惜しくて出まかせを言ってると思い込んで、却って怒っちゃって……」

「お母さんは大丈夫？」

「病院での仕事が大変で、そんなことに怖がってられないわ、って。でも――病院は色んな人が出入りする。心配だわ」

「困ったわね……」

と、亜由美が呟く。

何とかしてあげたいとは思うが……。

今は、亜由美自身が大変なのだ。

「でもね、文香――」

と言いかけたとき、外で、バンバン、と銃声らしい音が響いた。

「まさか」

と、亜由美が立ち上ると、あのボディガードの一人が休憩室へ駆け込んで来た。

「〈黒クマ組〉の奴らです！」

「どこに？」

「俺たちが食い止めます！　裏へ逃げて下さい！」

「分ったわ。でも——撃ち合いはできるだけやめて！　他の子に当ったら大変」

と、亜由美は言って、「文香！　あなたも一緒に」

「うん」

二人は休憩室を出ると、棟の裏手に出る戸口の方へと駆けて行った。

「ここ出ると駐車場だわ。そのまま大学の外に出られる！」

二人は車がズラッと並んでいる駐車場へ出た。外なので、風が吹きつけて来る。

「亜由美、どうするの？」

「私だって知らないわよ！」

と言って——亜由美は足を止めた。

目の前を、男が三人で遮った。

「何よ、あんたたち！」

「お前が竜助の嫁か」

と、ダブルのスーツで、時代遅れのギャング風の男が言った。「〈黒クマ組〉の熊田武士だ」

二人の子分が拳銃を抜く。――まずい！

「こっちだって、ボディガードがいるのよ！　すぐ駆けつけて来るわ」

自信はないが、言ってみた。

しかし、熊田武士は笑って、

「残念だけど、あいつらは俺に寝返ったんだぜ」

「――え？」

「派手に銃声だけ聞かせて、お前をここへよこしたんだ」

「そんな……」

亜由美はさすがに青ざめたが、「――じゃ、ともかく、この子は撃たないで！　この子は関係ない！」

「亜由美――」

「文香、早く車のかげに隠れて！　出て来ちゃだめよ！」

と、亜由美は文香を近くの車のかげに押しやった。

「なるほど」

と、武士が言った。「いい度胸だ。さすがに竜助の嫁だ」

「私は、嫁なんかじゃないの！」

と、亜由美は怒鳴った。「分らず屋！」

「そうか。しかし、もう手遅れだな」

武士が肯いて見せると、子分の一人が進み出て、銃口を亜由美へ向けた。

こんな……。とんでもない勘違いで殺されるの？　冗談じゃない！

そのとき――幻か夢かと思うことが起きた。

武士たちの背後から、勢いよく走って来たのは、ドン・ファンだった！

亜由美に銃を向けている男へと走り寄って、その足首に思い切りかみついたのである。

「ワーッ！」

引金は引いたが、弾丸はとんでもない方向へ飛んで行く。そして、足首から血がふき出して、男が引っくり返ると、拳銃を取り落とした。

亜由美は駆けて行って拳銃を拾うと、拳銃を取り落とした。呆然としている武士ともう一人の子分の方へ向けて、

「こいつめ！」

と叫びながら引金を引いた。

もとより、当てるつもりはないが、続けざまに引金を引くと、武士が飛び上って、

「やばい！　逃げろ！」

と、駆け出した。

「ボス！　待って下さいよ！」

子分たちも、一人は足を引きずりながら、あわてて「ボス」の後を追って行き、車の音がした。

「――やった！」

亜由美はヘナヘナとその場に座り込んでしまった。「ドン・ファン！　ありがと！」

と、ドン・ファンの長い体を抱きしめて、鼻先にキスした。

すると、そこへ、

「亜由美さん！」

と、声がして、殿永が駆けて来るのが目に入った。「大丈夫でしたか！」

「殿永さん……。ドン・ファンが駆けつけてくれたのに、どうしてあなたがそんなに遅く？」

と、亜由美は恨みのこもった眼差し（まなざし）を、殿永へ向けた。

「いや、ドン・ファンがどんどん先に行ってしまって、見失ってしまったんですよ」

と、殿永は息を弾ませて、「ご無事で何よりでした！」

「撃ち合いが終ってから来られても……。ねえ、ドン・ファン」

「クゥーン……」

ドン・ファンも、亜由美と共に、いやみたっぷりに（？）鳴いたのだった……。

「まことにお恥ずかしいことで……」

と、〈白クマ組〉の組長、熊田ミツは、塚川家の居間の床に正座すると、深々と頭を下げた。

「いいんですけどね」

と、亜由美は肩をすくめて、「ともかく、何とか誤解をといて下さい！　あんなレトロなギャングなんかに殺されたくありません、私！」

「ごもっともです」

と、ミツは言った。

「ミツさんから、熊田武士が亜由美さんを殺しに行ったと知らせがあったんですよ」

と、殿永が言った。

「そういう情報が。――でも、まさか、こちらのボディガードたちが寝返っていたとは……。組長である、私の責任です」

そう言うと、ミツは白鞘（しらさや）の短刀を取り出した。「この場をお借りして……」

「ちょっと……。何するんですか？」

と、亜由美はあわてて言った。

「お詫びに、指をつめさせていただきます」

「やめて下さい！　そんなこと……。つめるのは満員電車ぐらいにして下さいよ」

「でも、何かお詫びしなければ、こちらとしても組長の立場が……」

「じゃあ……この間の〈どら焼〉、おいしかったんで、また買って来て下さい」

指をつめる代りというには、ちょっと変かと思ったが、ミツの方もホッとしたようで、

「かしこまりました！　〈どら焼〉一年分、お届けします！」

「多過ぎです！」

そんなことはどうでもいい！

「ともかく――私がそちらの嫁になることはありません。それもあの〈黒クマ組〉に納得させて下さい」

亜由美は、精一杯冷静に、淡々と言った。

「お気持はよく分ります」

と、ミツは言った。「ですが、伺ったところでは、亜由美さんはお友達をかばって、逃がそうとしたとか。その度胸！　やはり堅気にしておくには惜しい方です」

「ちっとも惜しくありませんよ」

と、ため息をついて、「あ、それより、あの前田文香とお母さんのこと、殿永さん、守ってあげて下さい！」

「どうしたんです？」

「あの前に相談されてたんです、私。文香のこと、恨んでる人がいて……」

久保田悠の父親が、前田母娘を恨んで、「殺す」と言っている事情を説明する。

「そいつは困ったもんですね」

「私のことは大丈夫です。ドン・ファンという強い味方がいますから。文香とお母さんを守ってあげて下さい」

「しかし……警察はボディガードをするわけにいかないので……」

「分りました！」

話を聞いていたミツが、突然声を上げた。「うちの子分に守らせましょう！」

「ミツさん――。却って危くありません？」

と、亜由美は言った。

「ご苦労さま」

と、手袋を外して、黒崎医師が言った。

「お疲れさまでした」

と、前田麻美は言った。

手術を終えて、汗を拭う。

着替えなければならないのだが、麻美もくたびれて、椅子にかけていた。

「──お疲れさま」

一緒に手術に当った、麻酔医の女性が声をかけていく。

麻美と黒崎、二人になった。

少し間があって、黒崎が口を開いた。

「相変らず、冷静で、落ちついてますね」

「はあ……」

「あなたは優秀だった。あのころからね」

「黒崎先生……」

「僕は気が弱くて……。しくじったらどうしようって、いつもビクビクしてましたよ。つい、景気づけに酒を飲んだ。──忘れてはいません」

「でも……今日拝見して、とてもみごとな手ぎわなので、感心しましたわ」

黒崎は麻美を見て、

「本当ですか」

「もちろんです。手術でお世辞は言いません」

「ありがとう」

黒崎は嬉しそうに言った。「前田さんにそう言われるとは……」

「とても努力なさったんですね」

「そう……。当り前のことですよ。酒はやめました。どんなにすすめられても、決して飲まないと決めたんです」

「そうですか」

「ふしぎなもので……。結婚して、息子が生まれると、帰りに一杯飲もうなんて、考えもしなくなる。早く子供の顔が見たくて、真直ぐ帰ってしまうんです」

「お子さんはおいくつ？」

「今、四歳です」

「まあ……。可愛いでしょうね」

と、麻美は微笑んだ。「一度、写真を見せて下さい」

「もちろん！　いつも持ち歩いてます。後で着替えてから持って行きますよ」

「ぜひ。――ナースステーションにおりますわ」

「では、後で」

黒崎は立ち上って会釈した。

8　危　機

「出かけるの？」

と、彼が言った。

いつも通り、山並早紀は店に出る仕度をしていた。

「少し早いね、いつもより」

「ええ、ちょっと……」

早紀は、ためらっていた。

自分がしなければならないことは分っているのに、言い出せない！

しっかりするのよ！　私は彼よりずっと年上なんだから。

「――何かあったの？」

と、彼が訊いた。

「ええ。あったのよ」

肯いて、早紀は彼の前に座ると、「――これ」

と、札入れを置く。

「何だい？」

「お金。今引き出せるのはこれだけなの。銀行にローンを返さなきゃいけないし」

「どうして僕に……」

「今出れば、今夜の列車に乗れるわ」

と、早紀は言った。「大きな町へ出れば、警察署であなたの身許を調べてくれるでしょう。きっと分るわ」

「でも……」

「あなたがいてくれて、本当に楽しかった。いえ――楽しい、なんてものじゃない。幸せだったわ」

「だったら、何も急いで……」

「私だって、行ってほしくないわ。でも、危いかもしれないの」

「危い？」

「衣笠って男が……。私の別れた亭主なんだけど、刑務所から出て来て、私がここにいると突き止めたの。私に会いに来たわ」

「それが何か？」

「あの男は、そりゃあ執念深い男なの。人を殺したけど、喧嘩のはずみで、ってことだったから、あまり重い罪にならなかった。でも、私には分ってる。あいつは冷静に計画して、相手を殺したのよ」

「その人がどうして……」

「衣笠は、あなたのことも知ってる。あなたを傷つけるかもしれない。私のせいで、あなたがひどい目にあったりしたら、私は一生後悔する」

「大げさじゃない？」

「いいえ、本当のこと。衣笠が来る前に、ここを出てちょうだい」

彼はしばらくその札入れを見ていたが、やがて手に取ると、

「気持だけで充分だよ」

と、早紀の方へ戻した。

「あなた……」

「逃げるのはいつでもできる。そうじゃない？」

そうじゃない。あなたは分ってないのよ、衣笠の怖さを。

だが、早紀の口から出たのは、

「それはそうだけど……」

という、曖昧な言葉だった。

「じゃあ、急ぐことないさ。今夜、帰って来たら、ゆっくり相談しよう」

彼の言い方は、いかにも呑気で、そこには若者らしい軽さがあった。

「――そうね。じゃ、そうしましょう」

と、早紀はつい言ってしまっていた。

「もし……」

「え？」

「いや、もし、あなたがそんなに怖いのなら、僕と一緒に逃げたら？　お店は閉めなきゃならないかもしれないけど」

早紀は鼓動が速まるのを覚えた。

そんなことは、考えたこともなかった。

この人と一緒に、ここを出て行く。

そう。——そうしていけないわけがあるだろうか？

「でも——それでいいの、あなたは？」

と、早紀は言って、彼の方へ手を伸した。

手をつかまれ、引き寄せられ、抱かれて、そのまま畳の上に横たえられる。

せっかく仕度したのに……。やり直さなきゃいけないわ……。

そんなことを漠然と考えながら、早紀は彼にしがみついて、我を忘れて行った。

「前田さんは？」

ナースステーションのそばにいた亜由美は、その声に振り向いた。

「あ、黒崎先生」

と、看護師が言った。「前田さんですか？　今までいたんですけど。ナースコールがあって、『私が行く』って言って……」

「そうか」

「ご用でしたら……」

「いや、いいんだ。すぐ戻るかな？」

「そうだと思います。いつも、用事がなくてもナースコールを押す人なんですよ」

「大変だね」

黒崎という医師を、亜由美は見ていた。

「あ、黒崎先生」

若い看護師がやって来た。

「やあ、北山君だっけ？」

「はい、マユです」

「そうだった」

「前田さんにご用ですか？」

「うん。手術の後で、話してたら、子供の写真を見たいと言われてね」

「え？　私も見たい！」

と、マユという看護師が声を上げた。「それですか？　──可愛い！」

亜由美は殿永と一緒に、この病院へやって来ていた。

前田麻美を狙って、久保田という男が現われるかもしれないというので、やって来たのだ。

「亜由美！」

と、エレベーターから出て来たのは、前田文香だった。

「文香、来たの」

「だって、亜由美が来てくれてるのに」

と、文香は言った。「ありがとう、亜由美」

「友達でしょ」

と、文香の肩を抱いた。「殿永さんには──」

「うん、下で会った。誰だか来るのを待ってるって」

「そうなんだよね」

と、亜由美は苦笑して、事情を説明した。

「じゃあ、その〈白クマ〉さんが？」

「ボディガードをよこすって。あんまり頼りにならないけどね」

亜由美は辞退したのだが、熊田ミツは頑固に、

「亜由美さんのお友達は、私どもにとっても大切な方です！」

と言い張った。

見るからにヤクザという手合が病院へやって来たら、騒ぎになるかもしれない、というので、殿永が下の正面玄関で待っているのだ。

「心強いボディガードはこっちにもいるわ」

亜由美が振り向くと、長椅子の下から、ドン・ファンがヒョイと顔を出す。

「まあ！　嬉しいわ、会えて」

と、文香が語りかけた。「――お母さん、どこに？」

「どこかの患者さんの所に。すぐ戻るって」

と、亜由美は言った。

マユという看護師が、

「前田さん、どこへ行ってるのかしら？　呼んで来ましょう」

と言った。「――〈405〉？　分ったわ」

「いや、待ってるからいいよ」

と、黒崎が言った。

「見て来ます」

マユが行きかけると、「あ、戻って来た」

前田麻美が廊下をやって来た。

「あ、黒崎先生。すみません、お待たせして」

「いや、一向に」

亜由美は、前田麻美が活き活きとしているのを見て、「これがベテランってものなのね！」と思った。

麻美が亜由美たちに気付いて、

「あら。――どうしたの、文香」

「〈お母さんを守る会〉のメンバーよ」

「何よ、それ」

と、麻美は苦笑して、「黒崎先生。娘の文香です」

「やあ、そうなのか。君のお母さんは優秀だよ。頼りになる」

黒崎の言葉に、文香は嬉しくなって、

「本当ですか。ありがとうございます」

「黒崎先生にお子さんの写真を見せていただくの」

「私も見たい」

というわけで、文香だけでなく、亜由美も一緒に、ナースステーションの前に集まった。

いいぞ。

久保田は、その様子を見ていた。

あの前田母娘が、一緒にいる。そして、何か覗くように見て笑っている。

こんなチャンスはない。――そうだ。俺はツイている。

妻と息子の敵を討つように、最高のタイミングを用意してくれているのだ。

久保田は、古着屋で買って来た上っぱりを着ていた。大病院には、色々と掃除や修理などの人間が出入りするだろう。

こういう格好をしていれば目立たない。久保田はポケットの中でナイフを握りしめていた。

そうだ。今の内に笑っておけ。

妻も息子も、もう笑うことができないのに、あいつらは笑っている。

許さないぞ！

そうとも。これは正しい裁きなんだ。

久保田は真直ぐに、ナースステーションへと歩いて行った。

「可愛いですね！」

と、黒崎の子の写真を見て、麻美は言った。

「黒崎先生に似てますね」

と、マユが言った。

「そうかい?」

黒崎が照れたように笑った。

そのとき、ナースステーションの中で、ナースコールが鳴った。

「私が行きます」

と、マユが言って、麻美たちから離れた。

そして——その男を見た。

「あら。——どなた?」

マユの声に、黒崎が顔を上げた。

黒崎はちょうど久保田を見る位置にいた。写真を覗き込んでいる文香と麻美は久保田に半ば背を向けていて、気付かなかった。

久保田はポケットからナイフを握った手を出すと、麻美の背中に向って突き出した。

黒崎が、麻美と文香を左右に押しやった。——止められなかった。

久保田のナイフは黒崎の腹に刺さった。

「――久保田さん！」

文香が叫ぶ。

そのとき、長椅子の下から飛び出して来たドン・ファンが、久保田の腕に向って飛び上り、かみついた。

「ワッ！」

久保田が床に倒れる。

「黒崎先生！」

麻美が叫んだ。

「逃げろ……」

とひと言、黒崎が崩れるように倒れた。

「この……」

マユが、起き上ろうとした久保田を拳で一撃、久保田は仰向けにのびてしまった。

「出血がひどいわ！　マユちゃん！　急いで先生を！」

と、麻美が黒崎を支える。

ナイフが落ちる。――出血はたちまち床へ広がって行った。

「前田さん……」

と、黒崎が呻くように、「これは……きっと天罰なんだ……」

「そんな……」

「償いを……」

「しっかりして下さい！　原口先生！」

と、麻美は呼びかけていた。「出血を止めるのよ！　みんな急いで！」

看護師たちが一斉に動き出した。

殿永が、

「どうした！」

と駆けて来る。

「遅い！」

亜由美が一喝した。


「ありがとうございました」

山並早紀は、客を送り出して、息をついた。

ルミが表まで見送って、戻って来ると、

「今夜はお客、多かったですね」

「そうね。平日にしちゃ珍しい」

早紀はウーロン茶を飲んで、「そろそろ閉めましょうか」

「早いんじゃないですか？」

「私……ちょっと疲れたのよ」

早紀はそう言って、肩をすくめた。

あの人と、ここを出て二人で暮す。

そんなことができるかしら？　──彼のためにはいいことではないかもしれないが、早紀にとって夢みる値打はあった……。

「ああ、あの変な人……」

と、ルミが言った。

「え？」

早紀がギクリとして、「見たの？」

「いえ、姿は……。ただ、さっき、よく似た車が走ってったのを……」

「それ……どっちへ向って？」

「向うの……。海岸の方でしたよ」

早紀が青さめた。ルミがびっくりして、

「どうしたんですか？」

と訊く。

早紀は何も言わずに、〈サキ〉を飛び出した。

ヒールの高い靴が邪魔だった。靴を脱ぎ捨てると、小石を踏む痛さも忘れて、早紀は必死で家へと駆けて行った。

——家が見えて来た。

そして——家の前に、あの車が停っている！

ああ……。お願い！　ひどいことになっていませんように！

喘ぎながら、早紀が駆けて行くと——突然、玄関の戸が中から押し倒されて、転がるように出て来たのは、彼だった。

早紀が駆け寄ると、彼はその腕の中に倒れ込んだ。

「しっかりして！」

「ああ……。僕……殺されそうになったんだ……」

「けがは？　どこか——」

「刺されそうになって……。もみ合ってる内に……いつの間にか、僕がそいつの腕をつかんで……刺してたんだ」

「じゃあ、まだ中に？」

「危いよ！　逃げて！」

「大丈夫。大丈夫よ。——ここにいて」

だが、彼は恐怖とショックのせいか、ズルズルと地面に崩れ落ちて、気を失ってしまった。

早紀は、苦しく息をしながら、玄関から倒れた戸を越えて中へ入って行った。

電球が揺れていた。——そして、台所の床に、衣笠が倒れていた。

こわごわ近寄って、仰向けにする。

自分のナイフが、心臓の辺りに刺さっていた。

突然とはいえ、争ったら彼の方がずっと若くて力もある。衣笠はそれを分っていなかったのだろう。

早紀は衣笠の手首を取って脈をみた。——もう死んでいると分った。

見開いて、うらめしげに天井をにらんでいる両眼を、閉じてやった。

「——良かった」

もし彼の身に万一のことがあったら……。

フラフラと、早紀は表に出て行った。

もう大丈夫……。これで安心だ。

早紀は彼の傍に座り込んで、息をついた。汗がふき出してくる。

気を失っていた彼が身動きして、低く呻いた。

「——大丈夫?」

と、その肩に手をかけると……。

ゆっくり身を起こした彼は、ぼんやりとして、周囲を見回していたが、

「ここ……どこですか？」

と言った。

「え？」

「どうして僕……。何してるんだろう……」

頭を振って、早紀を見ると、「どなたですか？」

と訊いた。

「あの……」

早紀は、そう言ったきり、しばらく言葉が出なかった。

彼は何度か息をつくと、

「僕……どうしたんでしょう？　僕は久保田悠っていうんですけど。――台風で、車が川の中に……。車ごと流された、ってところまでは憶えてるけど……」

「久保田……悠さん、っていうのね」

「ええ。ここは……」

「ずっと離れた海岸の町よ」

「海岸？」

「ええ、きっと海に流されたのね。あなたはこの近くの海岸に打ち上げられてた

の」

「そうなんですか……。でも……」

「良かったわね、助かって」

「本当に。てっきり、もうだめだって……」

二人は立ち上った。

「ね、この道をずっと歩いて行くと、駅があるわ。そこで、列車に乗って、大きな町へいらっしゃい。そこの警察署に行って、事情を話したら、きっとすぐに調べてくれるわ」

「ありがとうございます……。あなたは……」

「私のことはいいの。たまたま、あなたを見付けただけ」

早紀はポケットから財布を出して、「これ、持って行って。大して入ってないから、気にしないで」

「いえ、でもそんな……」

「いいの。さ、早く。——お宅の方が心配してらっしゃるわ、きっと」

「ああ……。そうですね。父と母がいるんで……」

「早く帰ってあげて。きっと大喜びされるわ」

「はい。——どうも」

と、悠はやっと笑顔になった。「でも……いいんですか？」

と、玄関の戸が倒れているのを見て、

「何かあったんですか？」

「大したことじゃないのよ。よく外れるの、古い家だから」

早紀は、悠のズボンの汚れを払ってやると、

「サンダルじゃ見た目はよくないけど、仕方ないわね」

「どうも……。ありがとう」

「いいえ。気を付けてね。——ここを真直ぐだから」

「はい。本当に……どうも……」

まだ半ば呆然としている様子で、彼は、歩いて行った。

早紀は、よろけるように家の中へと戻ると、一一〇番した。

「——夫を殺したんです。いえ、元の夫です。——ええ、私を殺そうとしたんで、もみ合ってる内に。——確かに死んでます」

早紀は、彼と寝た布団を、じっといつまでも眺めていた……。

「お母さん……」

文香は、長椅子から立ち上った。

麻美は額に汗を浮かべていた。

「大丈夫。黒崎さんは何とか助かった」

「良かった……」

と、文香が胸をなで下ろした。

久保田は、殿永に連行されて行った。――その前に、ドン・ファンにかまれた腕の手当をしてもらっていた。

「――前田さん」

と、マユがやって来て、「白衣、血だらけですよ」

「ああ、そうね。シャワーを浴びて着替えるわ」

麻美が、やっと笑顔を見せた。

「前田さん、黒崎先生のこと、『原口先生』って……」

「昔、知ってたのよ。若いころね」

「そうだったんですね！　でも――あのとき、黒崎先生、『天罰だ』とか言ってませんでした？　どういう意味なんでしょう？」

「さあね」

と、麻美は首をかしげて、「私と似た女性を振ったことがあるんじゃない？」

エピローグ

「重ね重ね、お役に立てず、申し訳ありません」

熊田ミツは、また正座して詫びた。

「もういいですから」

亜由美はうんざりしていた。「申し訳ないと思ったら、もう結婚の話は諦めて下さい」

「ですが、近々〈黒クマ組〉との間で、決戦になると思われます。そのとき、亜由美さんのような勇敢な姐（あね）さんがいて下さると……」

「そんな、昔の映画みたいなこと、やめて下さい。〈白〉と〈黒〉で、〈灰色クマ組〉にでもしたらいいんじゃないですか」

塚川家の玄関に、

「いらっしゃいますか」

と、殿永の声がした。

居間へ入って来ると、

「何だ、ミツさん、ここにいたんですか」

「私を逮捕されるのなら、遺言を作るまで待って下さい」

「どうして逮捕するんです？」

「これから出入りがあるからです」

「そのことですが」

と、殿永は言った。「〈黒クマ組〉は解散するそうですよ」

「まあ」

と、ミツが目を丸くして、「あの武士がどうして……」

「死んだんです」

「それは……うちの若い者が……」

「いや、自宅の階段から落ちて、打ちどころが悪かったらしく」

「はあ……」

啞然として、ミツは帰って行った。

「――これで一件落着ってことになるといいけど」

と、亜由美は言った。「ね、ドン・ファン？」

「ワン」

「いや、今回は、すっかりドン・ファンにやられてしまいましたね」

と、殿永が言った。「しかし、久保田が……」

「せっかく、息子が生きて戻ったのにね。あの悠君も可哀そうに」

と、亜由美は言った。

文香が責任を感じて、力になろうとしていた。

玄関で、

「ごめん下さい」

と、声がした。

出てみると、

「あ……。どうも」

八代淳子が、大きな段ボールを抱えて立っている。

「母が来てません？」

と、淳子が訊く。

亜由美が事情を話すと、

「まあ、それじゃ〈白クマ〉と〈黒クマ〉の戦いはなくなったんですね」

と、段ボールを上り口にドサッと置いた。

「ともかく、ご迷惑かけました」

「いえ……。竜助さんによろしく」

「ありがとうございます。あの子は組長なんか向いてないんですよ」

と、淳子は言って、「これ、母に言われてお届けにあがりました」

「何ですか、一体?」

と、亜由美が訊くと、

「あら、ご存知じゃなかったんですか?」

と、淳子は目を見開いて、「〈どら焼〉三六五個です」

二〇一八年十二月　実業之日本社刊

実業之日本社文庫　最新刊

赤川次郎
花嫁は迷路をめぐる
モデルとして活躍する姉の前に死んだはずの妹が現れた!?　それと同時に姉妹の故郷の村役場からは2000万円が盗まれ——。大人気シリーズ第32弾！
あ1 21

安達 瑶
紳士と淑女の出張食堂
このご時世で開店休業状態の高級ケータリング料理店。どんな依頼にも応えるべく、出向いた先で毎度珍事件が——抱腹絶倒のグルメミステリー！
あ8 7

井川香四郎
桃太郎姫 百万石の陰謀
讃岐綾歌藩の若君・桃太郎に岡惚れする大店の若旦那が、実は前加賀藩主の御落胤らしい。そのことを利用して加賀藩乗っ取りを謀る勢力に、若君が相対する！
い10 8

江上 剛
銀行支店長、泣く
若手行員の死体が金庫で発見された。調査の中で、同行が手がける創薬ビジネスのキーマンである研究医との奇妙な関係が浮かび上がり——。傑作経済エンタメ！
え1 4

今野 敏
処断 潜入捜査〈新装版〉
魚の密漁、野鳥の密猟、ランの密輸の裏には、姑息な経済ヤクザが——元刑事が拳ひとつで環境犯罪に立ち向かう熱きシリーズ第3弾！（解説・関口苑生）
こ2 16

西條奈加
永田町小町バトル
待機児童、貧困、男女格差……ニッポンの現代社会に巣食う問題に体当たり。「キャバ嬢議員」小町の奮闘を描く、直木賞作家の衝撃作！（解説・斎藤美奈子）
さ8 1

実業之日本社文庫　最新刊

櫻いいよ
きみに「ただいま」を言わせて
小学生の舞香は5年前に母親と死別し、母の親友とその夫に引き取られる。血の繋がらない三人家族、それぞれが抱える「秘密」の先に見つけた、本当の幸せとは!?

さ91

櫻井千姫
16歳の遺書
私の居場所はどこにもない。生きる意味もない――。辛い過去により苦悶の日々を送る女子高生・絆。だが、ある出会いが彼女を変えていく…。命の感動物語。

さ101

辻堂ゆめ
初恋部 恋はできぬが謎を解く
初めて恋をすることを目指して活動する初恋部の女子高生四人。ところが出会うのは運命の人ではなく校内で起こる奇妙な謎ばかりで……青春×本格ミステリ!

つ41

葉月奏太
寝取られた婚約者 復讐代行屋・矢島香澄
IT企業社長・羽田は罠にはめられ、彼女と会社を奪われる。香澄に依頼するも、暴力団組長ともうひとりの復讐代行屋が立ちはだかる。超官能サスペンス!

は611

睦月影郎
淫魔女メモリー
小説家の高志は、裏庭の井戸から漂う甘い香りに誘われて降りてみると、そこには地獄からの使者が!? 淫魔大王から力を与えられ、美女たち相手に大興奮!

む214

南 英男
偽装連鎖 警視庁極秘指令
元IT社長が巣鴨の路上で殺された事件で、タレントの恋人に預けていた隠し金五億円が消えていたことが判明。社長を殺し、金を奪ったのは一体誰なのか!?

み719

実業之日本社文庫 あ121

花嫁は迷路をめぐる

2021年6月15日 初版第1刷発行

著 者 赤川次郎

発行者 岩野裕一
発行所 株式会社実業之日本社
〒107-0062 東京都港区南青山5-4-30
CoSTUME NATIONAL Aoyama Complex 2F
電話 [編集]03(6809)0473 [販売]03(6809)0495
ホームページ https://www.j-n.co.jp/
DTP ラッシュ
印刷所 大日本印刷株式会社
製本所 大日本印刷株式会社

フォーマットデザイン 鈴木正道(Suzuki Design)

ISBN978-4-408-55661-1（第二文芸）